마음 단어 수집

마음 단어 수집

나의 계절을 어루만지는
마음의 단어들。

김민지 지음

사람in

목
차

2장.

여름,

선명한
마음
으로

3장.

가을,
열리는
마음
으로

4장.

겨울,
움트는
마음
으로

당신이 기다려왔던
반가운 계절의 모습으로

'뭔가'라는 말을 습관처럼 자주 쓴다. 그 말을 꺼낼 때면 매번 상반된 느낌에 휩싸인다. 나조차도 어렴풋한 상태이거나, 뭔가 확실히 아는데 누군가 내심 그것을 알아주길 바라는 상태로 그 말을 쓴다는 사실을 자각하게 됐다.

힌트처럼 꺼낸 그 '뭔가'라는 말에 포갤 수 있는 단어가 정말 많다는 것도 어느 순간 깨달았다. 그중에서도 관념어라 불리는 단어. 꿈, 사랑, 평화, 희망 등의 단어는 어딘가 어렵게 느껴졌다.

내면에 깃든 추상적인 생각이나 심리를 표현하는 단어의 경우, 저마다 느끼는 이미지가 달라서 그에 대한 글을 쓸 때면 늘 고민이었다. 관념적으로 쓰기만 하면 둔기 같고, 경험을 바탕으로 쓰자니 흉기 같지는 않을까 하는 노파심이 생겨 삶에 필요한 좋은 관념들을 놓칠 때가 많았다.

다년간 시를 쓰면서 소소한 재미를 느꼈던 부분은 시어 하나하나에 여러 옷을 대보듯 수식할 수 있는 표현을 찾는 일이었다. "이렇게 내보낼 순 없어. 좀 더 좋은 매무새로 내보낼 거야!" 하는 비장함이 서릴 때도 있었다.

이런 내가 단어에 관한 책을 쓰다니. "어떤 단어면 좋을까?", "단어라는 모델이 어떤 무대에 서면 좋을까?" 두 가지 고민을 시작으로 신중한 발견을 이어갔다. 그 걸음걸이가 어떻든 봄, 여름, 가을, 겨울의 이미지가 연상되는 무대에 오르면 좋겠다는 생각으로 글을 썼다.

하나같이 자연스러운 흐름을 타고 누군가의 마음에 새겨진다면 더 바랄 게 없을 단어들을 골랐기에. 번지는 마음으로. 선명한 마음으로. 열리는 마음으로. 움트는 마음으로. 그때그때 만끽하고 싶은 계절감을 떠올리며 이 책을 읽어주시면 좋겠다. 이 단어들로 당신의 계절이 기다려왔던 모습 그대로 순환될 수 있기를….

여기 놓인 각각의 글은 단지 한 단어가 맞이한 하나의 국면에 불가하다. 여력이 된다면 마음에 드는 단어를 깨끗한 종이에 옮겨 적고, 스스로 생각하는 단어의 본모습을 적어 보자. 좀 더 다채롭고 풍성한 단어의 장을 만들어 보는 것이다.

살면서 몇 개의 단어를 쓸지 알 수 없지만, 하나의 단어를 깊이 체득하는 것만으로도 다시 볼 수 있는 삶의 국면이 있다. 110개의 단어가 걸칠 옷을 만드는 동안 원단을 제공해준 삶에 특별히 고맙단 인사를 전하고 싶다.

　이 책을 읽는 분들도 살아온 경험과 꼭 맞는 좋은 단어를 만날 수 있길. 그동안 내심 기다려왔던 단어를 발견하는 진귀한 경험도 할 수 있길 바란다.

김민지

꿈

소풍

잔정

풍근함

간지럼

별

동화

멍

숨

나물

수줍음

1장 ·

봄, 번지는 마음으로

편지

취향

꿀

마중

고백

시선

위로

기지개

어떤 꿈은 현실에 치여 지워지지만,
진정한 꿈을 꾸는 사람은 꿈과 현실이 대립하는 이유를 안다.

갈등을 겪는 주인공이 끝내 잘되길 바라듯
갈등을 겪는 자신의 꿈을 묵묵히 응원한다.

애써 꿈을 꾸지 않아도 될 만큼
주어진 날들에 최선을 다하는 사람도 있다.

다 지나간 날들을
꿈결처럼 간직한 마음과 나란히 걷는다.

무언가 되고 싶다거나

무언가 하고 싶지 않아도 괜찮다.

명사형도 동사형도 아닌
접속사 같은 꿈이 필요한 순간도 있으니까.

어떻게든 이어 붙이는 삶이 꿈보다 중요하니까.

어느 저녁. "저런 공간이 있으면 좋겠다" 하는 엄마의 말에 TV를 들여다봤다. 어느 집 앞에 놓인 작은 뜰이 보였다. 꽃과 작물들이 소담하게 자라난 모습을 보며 엄마는 연신 부러움의 감탄사를 꺼내 놓았다.

뜰 없는 집에서도 여러 개의 화분을 모아 살뜰히 키우는 엄마. 모든 뿌리가 얽히고설키더라도 흙 속에서 끝없이 펼쳐지길 바랐지만, 세상 모든 가족이 그렇게 살 순 없었다.

집을 떠난 아이들은 엄마의 존재를 금세 잊는다. 언제든 자신의 엄마가 세상에 머무를 거란 생각이 가득하기에 엄마를 잊기도 한다.

엄마는 하나둘 멀리 떨어져 살기 시작한 아이들에게 적당량의 흙을 주지 못한 것 같아 미안하다. 최대한 같은 마음을 심고 비슷하게 물을 주어도 제각각 다른 모양으로 뻗어가는 화분 속 아이들이 신기하다.

엄마는 혼자 있는 시간에 무엇을 할까. 더 해주지 못했다는 생각을 기워 입고 허수아비처럼 우두커니 바람을 맞고 있을까.

엄마는 그렇게 큰 땅을 혼자 지키는 일엔 그다지 흥미가 없어 보인다. 어딘가 외로워 보인다.

그날 저녁, 엄마에게 작은 뜰이 좋은 이유를 묻진 않았다. 다만 종종 홀로 웅크리고 앉아 생생하게 자라는 무언가와 마주한 엄마의 표정을 상상했을 뿐이다.

자신의 삶을 살아갈 수 있는 기쁨. 그 바탕에 놓인 충분한 사랑을 기억하면서.

볕이 좋은 날엔 무엇을 해도 좋다. 그중 제일은 빨래를 하는 것이다.

잘 마른 옷을 꿉꿉함 없이 걸치고 나가는 날에는 무엇을 해도 좋다는 허락을 받은 것만 같다.

볕은 신이 적당량의 빛을 한 움큼 손에 잡고 빗질한 것처럼 찰랑이는 기분을 준다.

볕이 잘 드는 창가에 앉아 계속되는 생각을 빨래처럼 탈탈 털어 널 듯이 글을 써도 좋고, 누군가를 불러 대화를 나눠도 좋다.

아니면 무작정 나가서 걷다가 거리의 나무와 건물이 그 순간 어떻게 빛나는지 올려다봐도 좋다.

볕은 머무는 동안 끊임없이 곁을 살필 기회를 주기 때문에 아무것도 하지 않고 멍하니 있어도 좋다.

그저 그 아래 놓여 있는 것만으로도 충분하다는 생각이 평소보다 많은 것을 쓰다듬고 지나갈 것이다.

뭐든 꾸준히 하는 사람은 그 자체로 뭉근한 매력이 있다.

과일잼을 만들 때 과육들이 형체를 잃어가는 것처럼 긴 시간 초조한 감정들을 스스로 진득하게 졸여낸 사람들이 전해주는 잔잔한 에너지. 그 가치를 체득한 사람들은 점도 높은 삶을 살아간다.

끈기는 하루하루를 살아가는 데 많은 도움을 준다. 끈기가 없다면 부스러기 같은 시간을 흩날리고 다니는 기분이 들지 않을까.

그렇다고 해서 꼭 전투적으로 삶을 살아갈 필요는 없다. 중불이나 약불에서 계속 익혀야 하는 무언가처럼 사소한 것을 지속하는 삶을 살면 충분하다. 별다른 의미 없이 재미있게 이어갈 수 있는 취미 하나를 갖는 것이다.

어떤 사람은 취미를 통해 돈을 번 사람을 부러워하지만, 아주 작은 것 하나 돈과 무관하게 누리지 못하는 삶이 과연 행복한 삶인지 되짚어 봐야 하지 않을까.

충돌의 여파로 생긴 흔적들. 대개 멍이라고 하면 퍼렇고 거무죽죽하게 번진 살갗의 부분을 떠올린다.

속에서 맺힌 피처럼 멍의 모양을 한 채 번지는 무표정이 누구에게나 있다.

잘 아는 사람들의 얼굴에 잠시 스친 무표정을 보고 놀란 감정을 삼킬 때가 있었다. 찰나였지만 무슨 일이 있었던 걸까 걱정될 만큼 심각했던 사람들의 무표정이 선연하다.

어떤 이의 무표정은 서서히 빠져가는 퍼런 멍의 가장자리처럼 노랗게 번져 있었고, 이따금 어둠을 둘러싼 안개처럼 핏기 없이 창백한 무표정을 짓는 이도 있었다.

표정 없는 표정도 결국 표정일 텐데. 익히 알고 기대하는 표정이 없다고 해서 무표정이라 표현하는 건 그 표정을 깊게 이해하지 않으려는 태도일지도 모르겠다.

나조차도 낯설고 어색해서 모른 척 넘어가곤 했던 마음의 멍. 여러 가지 이유로 사람들 얼굴에 번져 있던 표정들을 기억한다.

앞으로 또 그런 표정을 보면 그 자신이 웃어넘길 수 있을 때까지 쓸데없어도 시답지 않은 대화를 나누며 조용히 곁에 머무르고 싶다.

마음의 간지럼을 잘 타는 사람 특유의 웃음이 있다.

살랑대는 세상의 손짓을 마음 다해 느끼는 사람은 주변의
기분이 덩달아 좋아질 정도로 환한 웃음을 지녔다. 마치 간
지럼을 태우는 부모의 손짓에 까르르 웃는 어린아이처럼
말이다.

가끔 "기대가 없으면 실망도 없다"는 생각에 웃음이 인색해
지곤 한다. 김칫국 들이키지 말라는 조언도 일리가 있지만,
무언가 낯설고 설레는 감정에 휩싸일 때는 그냥 간지럼을
타는 것도 방법이다.

세상이 어린아이 대하는 부모처럼 나를 귀여워하며 또 간지

럼을 태우는 건가 의아해하며 꼼짝없이 웃다 보면 언젠가
또 웃는 길이 생길 테니.

잔정이란 겉보기에 무뚝뚝해 보여도 실은 다정하다는 이들이 잔병처럼 달고 사는 것이다. 이들은 생색 없이 잘해주는 것을 과업처럼 여기고 산다.

대개 말투가 사포처럼 까끌거려도 특별히 우려하지 않아도 된다. 왜냐하면 이들에게는 상대 마음의 모서리를 부드럽게 마감하려는 과묵한 행동력이 있기 때문이다.

말로 천 냥 빚을 갚는다는 속담도 있지만, 말로 다 할 수 없는 다정함이야말로 한 사람을 살리는 기적이기에. 이들의 잔정은 대수롭지 않게 많은 이를 살린다.

잔정이 많은 이들은 덤으로 주고 돌려받지 않는 일에 익숙

하다. 마음을 무겁게 해봤자 본인만 괴롭다는 사실을 누구
보다도 잘 아는 사람들이다.

봄바람에 펄럭이던 돗자리 끝자락에 걸터앉아 기분을 들썩이기 좋은 날. 옆구리 터진 김밥 한 알 정도는 귀엽게 봐줄 수 있는 날. 꽁다리가 맛있다는 말에 깊이 공감할 수 있는 날. 요약하자면 즐겁게 놀고 싶다는 마음이 시들어 가던 모든 경험을 살린 날.

소풍 전날 하던 날씨 걱정만큼 순수한 걱정이 있을까. 신나게 놀 준비를 마친 만큼 좋은 날씨를 선물로 받고 싶던 어린 시절처럼 즐거움에 대한 만반의 준비를 마치고 딱 한 가지만 걱정하면 얼마나 좋을까.

욕심 많은 어른이 될수록 만에 하나가 아니라 하나에 만 가지 대비를 해도 모자란다고 느낀다.

그럴 때는 한 번으로 끝나지 않는 무수한 디데이를 잡는 것도 방법이다. 삶에 임하는 자세가 다소 엉성하다 느껴져도 타고난 리듬을 잘 타면 하나의 춤을 완성할 수도 있다.

모든 것이 완벽하게 갖춰져도 내 기운이 받쳐주지 않으면 소용이 없다. 걱정이 많이 되는 일일수록 소풍 가듯 가볍고 순수한 고민만 해보자.

사소한 것들이 어긋나 모든 게 엉망진창이 된 것 같은 현실. 법과 규칙을 만들면 편법을 쓰거나 잔꾀를 부리는 이들이 생기고, 내 것보다 먼저 남의 것을 챙길 사람은 없는 게 현실이기 때문에 별다른 기대감 없이 하루하루를 산다.

아주 가끔 동화에서나 일어날 법한 일이 더러 일어나기도 한다. 세상살이가 너무 기이하고 가혹하다 느낄 만한 뉴스가 가득해서 그런가. 어쩌다 그런 고운 일이 일어난 걸까 싶어 몸서리치게 놀랄 때가 있다.

때때로 귀찮고 화나게 하는 일과 사람들 주변에 있어야 시간이 흘러가고 있다는 자각이 든다. 나로서도 내가 어떻게 하지 못할 만큼 무력함과 권태로움이 깊을 때. 그럴 때는 이

기주의든 공동체주의든 상관없으니 개인주의로 점철된 세계만 피하자는 이상한 판단이 선다. 마치 뉴스처럼. 매일매일 정말 많은 일이 일어나는 세계에 살고 있다는 감각이 필요했던 순간. 그건 또 다른 의미의 구조 신호였다.

무관심이 주는 안정감을 알지만, 그걸 평생 가져가라고 한다면 엄두가 안 난다. 매일 길면 하루 여덟 시간 이상을 머물러야 하는 직장에서 서로 주고받는 인사도 없이 출근을 이어가던 날이 있었다.

당황스럽던 출근 첫날 이후, 점점 익숙해지는 듯했으나 이내 번아웃과 함께 깊은 우울함이 찾아왔다. 사람으로 태어난 이상, 사무적인 공간에서도 서로 기척이나 잔정을 주고받아야 활기를 잃지 않는다는 걸 알게 되었다.

그럼에도 여전히 부담스럽지 않은 선에서 마음을 나누는 일에 번번이 실패하고 미리 선 긋는 일상을 지내기도 한다.

모두에게 좋은 일이 일어나려면 서로의 장점을 매개로 동화

되고자 노력해야 한다. 인사만큼 자주, 사과를 주고받을 준
비도 해야 한다.

좋은 것을 알아보는 안목을 가진 사람들. 그들 중 몇몇은 취향 인솔자로서 많은 사람의 주목을 받는다. 어느 순간부터 큐레이터라는 말이 전방위적으로 쓰이기 시작했다.

이렇게 집을 꾸몄는데 좋아요. 이렇게 옷을 입었는데 좋아요. 이렇게 요리를 했는데 좋아요. 이렇게 음식을 먹었는데 좋아요. 이렇게 콘텐츠를 봤는데 좋아요. 이렇게 어떤 것을 사서 써봤는데 좋아요. 이렇게 여행을 가봤는데 좋아요. 이렇게 선물을 해봤는데 좋아요.

'좋아요', '댓글', '구독', '알림 설정'을 통해 소비 활동의 당락이 결정되고 앞서 말한 이 시대의 큐레이터들은 자신의 안목을 바탕으로 성실히 관련 정보를 공유함으로써 경제적 이

익을 얻기도 한다.

이 모든 역량의 구심점은 '관심'이다. 하루하루 눈뜨기 무섭게 새로운 것이 쏟아지는 세상에서 이제 막 나온 것, 경험해 보면 좋은 것을 직접 알아보고 알려주는 사람이 넘쳐난다. 정리된 일상을 살고 싶어 하는 현대인의 욕구와 부합한 결과처럼 보인다.

관심사마저 세공된 상태로 공유받고 싶을 만큼 효율에 집착하게 되는 나날. 스스로 좋은 것을 터득하는 힘이 약해질수록 삶에 깊이 뿌리 내리지 못하는 느낌이 든다.

보기 좋은 것이 아닌 그냥 좋은 것을 체득할 순 없을까. 밖에선 입지 못한대도 아무렇게나 걸칠 수 있는 목이 늘어난 티셔츠 한 장 정도 가지고 있는 사람이고 싶다.

말로 해도 될 이야기를 군이 편지로 전하는 사람이 있을까. 있다면 그 사람은 말을 잘하지 못하는 사람일까. 편지로 전해져야만 하는 이야기가 있다고 믿는 사람일까. 그것도 아니면 그냥 누군가에게 편지처럼 정성스러운 것을 주고 싶은 사람일까.

편지는 왜 정성일까. 표정도 목소리도 없지만 필체가 담긴 편지. 글씨를 써놓은 모양으로 유추할 수 있는 건 생각보다 많다. 어쩌면 이야기로 전할 수 있는 것 이상의 무언가가 묻어날 수도 있다.

질문으로 가득한 편지를 받으면 숨이 막힌다. 또 하나 신기한 것은 편지 속 글도 독백인데 상대적으로 밖으로 내뱉는 말보다 덜 지루하게 느껴진다는 거다. 다만 편지를 쓰는 사람이 제 마음에 쫓기지 않아야 본격적인 이야기가 온전히 전해진다.

시간이 한참 지나고 나서도 마음에 맴도는 이야기. 정성이 가득한 편지에는 진심의 굴레가 담긴다. 그 굴레를 벗어나선 좀처럼 읽히기 어려운 감정들이 놓여 있다.

읽고 버려진 편지들은 지금쯤 어느 궤도를 경유하고 있을까. 멀어진 진심은 시간에 온전히 종속되어 흘러갈 뿐이다.

언제 어디서나 휴대전화를 켜 보게 된다. 대중교통을 이용할 때도 마찬가지다. 휴대전화 액정에서 시선을 거두어도 주변을 둘러보면 모두 휴대전화만 들여다보고 있다. 사람들을 향한 시선을 거두며 창밖으로 고개를 돌린다.

지금이 아니면 볼 수 없는 풍경을 조용히 흘려보내며 모처럼 생각에 잠긴다. 그 순간 생각은 물에 퍼지는 물감처럼 자유롭게 유영한다.

지나친 생각이 마음을 탁하게 만들 땐 산책을 한다. 자동으로 주파수를 맞추며 넘어가는 라디오처럼 주변을 스쳐 가는 사람들의 대화를 짤막하게 끊어 듣거나 눈에 들어오는 간판을 읽으며 얼마간 시간을 흘려보낸다.

세상에 한 줄 한 줄 토씨 하나 안 놓치고 책을 읽는 사람은 몇 없다. 드라마나 영화를 볼 때도 마찬가지다. 모든 프레임을 새기진 못한다. 자신에게 골몰해 마음이 울적해질 때는 시선을 덜어내야 한다.

어린 시절 엄마가 심부름을 시키면 이런 꼴로는 나갈 수 없다고 투덜댔다. 그럴 때마다 엄마는 어김없이 타이르듯 가볍게 호통쳤다.

"아무도 너 안 봐. 두부 한 모랑 콩나물 천 원어치 사 오면 돼."

집에 돌아오던 길. 손에 든 비닐봉지가 흔들리자 나도 모르게 발을 굴렀다.

그날 저녁 밥상에 오른 메뉴는 된장찌개와 콩나물무침. 틀안에서 굳어진 네모반듯한 두부는 모양과 상관없이 부드러웠고 빛을 못 보고 자란 콩나물의 하얀 줄기는 물기를 머금은 채 유연했다.

그렇게 보이는 것도 꼭 그렇지만은 않고, 아무도 안 보는 사이에도 훌쩍 자랄 수 있다는 걸 깜빡하곤 한다. 세상도 나도 그럴 수 있다는 걸 잊지 말아야지.

기
지
개

자고 일어나 기지개 하나만 켜도 그날은 평소보다 몸과 마음이 덜 굳는다. 그걸 알지만 언제나 부랴부랴 깨서 움직인다.

뭐 그리 대단한 일을 한다고 내 어깨는 항상 앞으로 말린 채 굳어 갈까. 길을 걷다 하품하며 기지개를 켜는 고양이를 보고 일순간 기분이 누그러졌다.

긴장할수록 위축되는 사람은 응어리를 잘 풀지 못한다. 화가 나거나 억울한 일이 생기면 울음에 시동이 걸려 온몸을 부르르 떨기 바쁘다. 차라리 그럴 땐 울지 말고 태연해져야 하는데….

뒤틀린 표정을 다잡으며 최대한 능청스럽게 기지개를 켜고 어느 극의 악당처럼 씩 하고 입꼬리를 올려보는 상상을 해봤다. 직접 시도했다면 좋았겠지만 그 상상만으로도 꽤 진정이 됐다.

계속해서 굴복해야 하는 상황에 심신이 졸아붙었다면 기지개를 켜자. 잠에서 깨어난 지 오래 지난 상황이어도 상관없다. 눈 감고 딱 한 번만 켜보자.

언뜻 항복의 자세 같지만 기지개는 담대함의 지름을 키우는 최적의 자세다.

고된 노동을 할 때 노래는 큰 힘이 된다. 어떤 노래를 들으면 좋을까. 아이돌 노래도 좋고 신나는 팝도 좋지만 한 번쯤은 의외의 선곡을 해본다. 이를테면 창작동요 〈꿀벌의 여행〉을 들어보는 것이다.

1994년 MBC 창작동요제를 통해 발표된 이 곡의 가사는 단출하다. 거칠고 험한 산 너머 머나먼 나라까지 꽃을 찾아가는 꿀벌의 여정. 꿀벌의 날갯짓을 표현하는 "윙윙"이라는 낭랑한 말에서 느껴지는 치열함과 "야! 야! 야!"하고 기합을 넣듯이 마무리되는 노래가 인상적이다.

평생 놀고먹는 꿀 같은 인생을 바라는 어른들에게 아이들의 목소리가 미진한 힘이라도 불어넣는다면 좋겠지만 큰 기대는 안 한다.

동심과 이어지는 꿀에 대한 단상은 곰돌이 푸로 이어진다. 꿀단지를 식탁에 내려 두고 웃는 얼굴로 어깨춤을 추던 푸의 모습이 선한데 세월이 흘러 푸와 피글렛도 나이가 든 채 복수심이 차올라 공포영화 〈곰돌이 푸: 피와 꿀〉이 만들어졌다는 소식을 들었다.

어른이 된 후 때때로 알 수 없는 열패감에 휩싸이곤 한다. 아무것도 하지 않는 순간에도 불안함이 차오른다. 어쩌다 이렇게 되었을까.

공포영화 속 푸와 피글렛은 어릴 적 친구로부터 버림받고 험악한 짓을 벌인다. 어릴 적 친구로부터 버림받은 기억보다 어린 나를 떨쳐내려는 부침이 심한 나는 자신에게 포악한 짓을 벌이기 일쑤다. 한 사람이 자책하는 방법은 다양하다.

남 탓이 나쁜 만큼 자책도 좋지 않다는 걸 알아야 하는데.

괜한 눈치를 보다 꿀 같은 휴식도 누리지 못하고 벌서듯 꾸역꾸역 살아간다.

꿀벌과 벌꿀의 역치를 스스로 깨우치는 노력이 필요하다. 꿀벌은 벌꿀을 만들고 벌꿀은 꿀벌 아니면 만들어지지 않는다. 나의 일과 휴식도 이 역치를 벗어나지 않는다.

여러 얼굴 속에서 알아본 얼굴이 마음의 패를 뒤집고 다가
올 때면 평생 마중할 수 있을 것 같은 용기가 생긴다.

그동안 있었던 일들. 그래서 더욱 보고 싶던 순간들. 별다
른 일이 없어도 대화가 끊이지 않고 나란히 귀가하는 날들.
말없이 걸으며 두 손을 잡고 어느 한쪽이 서로 이어진 팔을
흔들기 시작해 기분이 좋아진 저녁.

홀로 기다랗던 내가 반가움에 흔들리는 강아지 꼬리가 된
것처럼 헛헛했던 마음의 공기를 뒤흔들고 있을 때. 사랑하
고 있음을 느낀다.

시골 어귀를 돌아도, 어느 동네 골목을 누벼도 의자가 있다. 하나같이 불구의 모습으로 낡아가는 의자들이다.

뭐 이런 데 의자가 다 있나 싶지만 막상 앉아보면 그곳에 놓인 까닭을 알게 된다.

버려진 듯한 모습으로 우두커니 풍경을 보거나 여럿이 모인 채 담소의 장을 이룬다.

누구의 의자였을까. 밖에 나와서 무엇을 보고 무엇을 들었을까. 비를 맞을 땐 어떤 생각이 들까. 궁금한 게 많지만 의자는 말없이 혼자 앉아 있다.

일어서 있지만 앉아 있는 것처럼 보인다. 갈 길을 잃었지만
최선을 다하는 사람 같다.

꽃을 좋아하는 사람이 많다. 피어나고 지는 모습에 동질감을 느끼는 사람도 많다.

꽃잎을 만지고 있으면 기분이 묘하다. 대체로 부들부들하고 생생하다. 물집 잡힌 피부와 비슷한 촉감이다.

마찰이 많고 화가 들끓는 세상에 지구가 터뜨린 꽃망울들을 보면 그저 감탄할 수밖에 없다.

살고자 애쓰는 마음을 보호해주려는 듯 활짝 피어난 꽃들을 보고 사람들이 웃는다.

꽃길만 걸으라는 덕담의 속뜻은 평생의 아름다움을 느끼라는 의미가 아닐까.

냉소적으로 받아들이던 빤한 인사말들이 새록새록 와닿는
다. 꽃 같은 말이 더는 물리지 않는다.

영원하지 않아서 오래가길 바라는 마음이 뭔지 알게 되었다.

도심에서 지내는 날들이 늘어갈수록 마냥 어둡기만 한 밤
이 무섭다. 도시의 밤을 좋아하게 된 건 순전히 야경 때문
이다. 다음날을 위해 스스로 반짝이는 사람이 많아 보였다.

어쩐지 미래가 깜깜하기만 할 것 같은 날엔 뭐라도 밝은 게
눈에 들어와야 안심이 됐다. 야경이 아니더라도 불 꺼진 방
에서 작은 휴대전화라도 봐야 했다.

알고리즘을 타고 피드에 올라온 영상을 보거나 낮에 일하느
라 놓친 뉴스 등을 살펴보고 너무 많은 것을 놓쳤다는 생각
을 하다가 몸을 구기며 잠에 들었다.

그러나 어디에도 내가 깊어질 수 있는 밤은 없었다.

오히려 두 눈을 감고 명상을 시작할 때 밤이 보였다. 가늘어 지다가도 차오를 달 같은 마음이 보였다.

곁에서 아무 바람을 일으키지 않아도 촛불은 흔들리고 있었다. 촛농은 제멋대로 흐르는 듯했다.

언젠가 개천 주변을 걸을 때 보았던 여러 개로 나뉜 토사 더미들이 생각났다. 그 더미들은 마치 개천 중앙에 형성된 작은 섬들처럼 보였다.

불도 물도 저렇게 다양한 길을 걷는데 계획대로 되지 않는 일이 생각보다 많다고 스트레스를 받다니.

물불 가리지 않고 살아야겠다고 다짐했을 때 반쯤 녹은 초의 모양을 보았다. 서툰 솜씨로 만든 케이크 모양처럼 보였다.

소원을 빌고 불을 껐다. 생일도 아닌데 축하받고 싶은 마음이 컸다. 태어난 축복을 자주 잊고 산다.

맡기 좋은 냄새는 향인데
그렇지 않은 냄새는 냄새다.

냄새도 좋으면
다른 이름으로 불린다.

이름 불리는 행복을 안다.

가까운 사람이 부를 때.

그 순간 돌아볼 때 퍼지던
마음의 향을 맡은 적 있다.

눈
물

감지 못한 마음의 눈에서 흘러넘친 것일 수도 있고, 얼어 있
던 마음의 눈에서 흘러넘친 것일 수도 있다.

투명한 표정으로 얼룩지는 것이다.

유독 보풀이 잘 일어나는 옷이 있다. 어떤 날은 마음이 꼭 그런 옷 같다.

공원 벤치에 하릴없이 앉아 하나씩 뗀 보풀 같은 감정을 모아 어디에도 쓰지 못할 것 같은 작은 솜뭉치를 만들던 중이었다.

산책 나온 강아지가 내 쪽으로 다가왔다. 작고 귀여운 솜뭉치가 크고 즐겁게 다가왔다.

말하고 나서 후련해지면 안 된다.

고백은 선택권을 넘기는 것이다.

용서를 받든 받지 못하든. 사랑을 받든 받지 못하든.

기약 없는 기다림 먼저 받는 것이다.

잔

"짠!" 잔과 잔이 부딪치는 소리를 입 밖으로 내는 사람들이 있다. 짤막한 한마디 외침으로 형식적인 위로의 말을 일축하는 사람들.

다그치지 않는 속도로 알아서 빈 잔을 조용히 채워주는 사람과의 술자리. 차를 마시다가도 "술은 아니지만 짠 한 번 할까?" 이야기하는 사람과 마음을 축이는 자리가 좋다.

잔과 함께 고개를 젖힐 때 속을 타고 흐르는 시원하고 따뜻한 온도의 말들을 기억해 두었다가 다음에 만날 때 꼭 쥐여주고 싶은 기분을 안다.

어려워하는 것과 적대하는 것은 다르다. 내성적이어도 수
줄어하는 사람이 있는가 하면 그저 무뚝뚝해 보이는 사람
이 있다.

그저 무뚝뚝해 보이는 사람도 외양과 달리 수줄음을 탈 수
도 있다. 그러나 대체로 수줄어하는 사람들은 매사 어려워
하면서 애를 먹는 게 티가 난다.

그 과정에서 사랑스러움이 묻어나기도 한다. 그도 그럴 것
이 어려워한다는 건 잘하고 싶은 마음이 내재되어 있기 때
문이다.

조용히 해보려는데 뚝딱거리다 본의 아니게 이목을 끌어 얼

굴이 붉어지는 사람들. 수줍은 완벽주의자는 나름대로 매력적이다.

몇 번이고 연습했는데 하고 싶던 이야기는 하지도 못하고 잘해보고 싶은 마음만 들켜 버린 발그레한 날들. 귀여운 사람들은 대체로 수줍다.

혼자 하는 일도 함께하는 일도 호흡이 중요하다. 호흡이 엉망이면 삶의 균형이 무너진다.

건성으로 쉬지 않는 숨. 단숨에 많은 것을 해내지 않는 마음. 숨을 고르고 집중하는 자세.

숨에 관한 세 가지 덕목이다.

지대가 높아질수록 숨쉬기 어려운 현실처럼 높은 이상에 자신을 등 떠밀다 보면 쉽게 피로해지기 마련이다.

한숨을 쉬려다가도 심호흡을 하는 사람은 가슴에 얹힌 많은 걱정을 쓸어내릴 수 있다.

걱정하는 그 일은 일어나지 않았다. 아직이라는 생각이 들면 아직 할 수 있는 일도 남았다.

상황이 괜찮지 않을 때도 괜찮은 사람이라고 나와 주변에 숨을 불어넣는 말을 해보자.

초봄 문턱 찬기가 돌 때 할머니와 엄마를 따라서 봄나물을 캐러 간 적이 있다. 잎을 먼저 알아보고 노크하듯이 살살 언 땅에 호미질을 시작하자 향이 짙은 쑥과 냉이가 수북이 쌓이기 시작했다.

사람은 사람이 먹을 수 있는 풀을 어떻게 분별할 수 있었을까. 먹어보기 전까지는 제대로 가려낼 수 없었을 텐데….

나물이 나물이 되기까지 많은 사람이 배앓이하거나 건강을 잃거나 생명을 잃었을 것이다.

흙을 털어내고 물에 헹궈도 흙내가 났다. 입에 대기도 힘든 흙 속에서 많은 나물이 자라났다. 먹지 못하는 흙의 내음이 풍겨 좋았다. 건강해지는 기분이 들었다.

입에 올리기 힘든 슬픔도 흙처럼 남아서 그 속에 이것저것
푸릇푸릇 돋아나면 분별없이 캐다가 먹고 앓다 건강해지는
일을 스스로 반복한다.

고운 슬픔만 남은 어느 봄에 보기만 해도 건강해질 것 같은
초록이 무성해지길 기도한다.

비슷한 아픔을 겪은 이가 전해주는 응원만큼 적절한 위로가
있을까. 앞서 겪었다는 이유로 어느 순간 어떤 부분에서 무
슨 말과 도움이 필요할지 잘 알고 있는 사람. 아무것도 모르
는 사람을 보고 "이 사람만큼은 부디 건강하고 무탈했으면"
해서 이것저것 알려주고 챙겨주는 어떤 사람. 어떤 사람의
어떤 위로가 봄기운처럼, 혼자 간직한 억울함을 나른하게
한다. 함께 일렁일 수 있는 게 슬픔의 가치라는 듯, 슬픈 일
이 있을 때 함께해준 사람들. 기쁘고도 슬픈 마음은 노인이
어린아이를 보고 짓는 미소처럼 시간이 지나간 주름의 길을
다시 내준다. 고생이 많았던 만큼 보람도 많았다고 함께 이
야기해 줄 사람들과 있는 날이 봄날이다.

아이스크림

초록   한창

시름

순수

파도

원기

점

낮

단발   더위

2장 ·

여름, 선명한 마음으로

흙가

한말음

유리

거짓말

바퀴

그늘

세수

헤엄

여름날 초록색 망토를 두른 산이 분주한 두 눈을 쉬게 한다. 자연이 내민 어깨에 많은 것이 기대어 산다.

가파르고 험한 산일수록 남몰래 깊이 보호하는 게 많다. 높이 성장한 마음의 지형도 별반 다르지 않다.

발밑에 두고 내려다보면 절망적으로 보일 절벽 끝도 바람의 입장에서는 오랫동안 자신이 그린 벽화 한 점처럼 보이지 않을까.

깨진 아스팔트 주변에 있는 풀도 밤만큼 단단한 어둠을 뚫고 온 초록별처럼 느껴진다.

한참을 기다려서라도 맞이하고 싶을 때가 있었다. 그때가
언제 올지 모르지만 좋은 때를 기다리는 시간도 인생의 한
창이라고 어른들은 말했다.

조금 지나 보니 나의 때를 따로 정해 두지 않고 매일매일
한창인 것처럼 사는 사람들의 울창한 일상이 대단하게 느
껴졌다.

때를 노리거나 엿볼 것이 아니라 흐름을 타는 것만이 자연
스러운 내가 될 수 있는 과정임을 깨달았다.

이제는 한참을 봐도 물리지 않는 나이고 싶다.

잦은 시름은 깊은 수심을 만든다.

마음에 얹힌 돌이 많아질수록 걱정과 짜증이 쉽게 차오른
다. 그럴 땐 마음에 물길을 내야 한다.

물길을 내는 여러 방법이 있겠지만 삽질 장인이 되는 것도
하나의 방법이다.

차오르는 걱정과 짜증 옆에서 삽질을 시작한다. 싫증이 나
면 옆길로 새면서 삽질을 이어간다.

열심히 파 놓은 자리에 걱정과 짜증이 범람하면서 수심이
차츰 얕아질 수 있도록 움직인다.

마음의 얹힌 돌을 단숨에 치울 순 없다. 할 수 있는 아주 작은 일부터 해야 한다.

호락호락하지 않은 세상에 순수라니. 순수는 쉽지 않다. 쉽지 않다는 걸 알기에 더 끌린다.

소비할 때도 순수를 장점으로 내건 상품을 보면 왠지 믿음이 간다.

그러나 정말일까. 정말로 순수한 걸까.

순수 몇 퍼센트라며 해당 가공품에 몇몇 좋은 성분이 얼마나 들어갔는지 강조한다. 아주 적은 비중인데도 그러기 쉽지 않다는 걸 역설한다.

본질에 가깝다고 말하지만 오히려 본질을 흐리는 것이 수

두룩하다.

어쩌면 요즘 세상에 필요한 순수라는 건 내가 욕심내는 모든 것이 결국 무엇을 의미하는지 깨닫고 호락호락하지 않은 소비의 기준을 세우는 것일지도 모르겠다.

순수하게 인간이 인간만 생각해서 얼마나 많이 지구를 혹사시킨 건지 순수의 역설을 모르는 이들이 없었으면 좋겠다.

분주하게 말아 둔 김밥 겉면에 참기름을 칠하는 손길을 보고 있으면 기분이 좋다.

청소기를 돌리고 걸레질을 마친 방바닥이나 햇볕을 받고 더욱 반질반질해진 식물의 잎처럼 가까이서 지켜볼 수 있는 생생함을 찾고 싶다.

기분이 푸석푸석할 때는 여기저기 닦는다. 자주 보는 거울과 창을 닦는 것만으로도 순간의 표정이 바뀐다.

답답한 마음에 바다를 보러 갔다. 바람에 나부끼는 커튼 끝 자락처럼 파도가 밀려왔다. 반복되고 있지만 똑같은 능선을 그리지 않는다는 점이 마음에 들었다.

그저 반복되기만 하는 걸까 생각했던 날들도 파도와 다르지 않다고. 엎드려 자세를 다잡는 서퍼들을 보며 생각했다.

바다가 삶이고 파도가 생활이라면 그 앞에 쌓인 모래는 살아가는 기분일까.

새로운 파도가 치기 전 재빠르게 다가가 모래 위에 걱정들을 적고 뒷걸음질쳤다.

바다는 여전히 푸르고, 파도 소리는 듣기 좋고, 모래 위는 깨끗하게 빛나고 있었다.

거울을 보다가 얼굴에 나 있던 점 몇 개가 눈에 들어왔다. 이건 조금 옆에 났다면 매력점일 텐데. 근데 이건 복점인가.

계속 보다 보니 모든 점을 빼고 싶을 정도로 도드라져 보였다. 컨실러로 가려보려다 얼굴 전체 화장이 두꺼워져 웃음이 났다. 점 몇 개 가리자고 그렇게 할 수는 없는 노릇이었다.

거울 보는 시간을 줄이고 점을 드러내고 다녔다. 나만큼 자주 내 얼굴에 난 점 하나를 뚫어지게 볼 사람은 누구도 없었다.

어느 순간부터 지워도 될 점은 하나도 없었다.

짐

어디에 놓을지 모르는 물건들이 짐처럼 쌓였다. 언젠가 필요할 것 같아서 들인 많은 것이 공간을 잡아먹었다.

과거와 미래가 현재를 압박하는 듯한 기분에 휩싸였다. 오늘을 살아갈 집이라는 공간을 되찾고 싶었다.

미니멀리즘을 실천하기에 나는 마음이 가볍지 않은 사람이었다. 대체 어떻게 해야 말끔하고 분위기 있는 공간을 꾸릴 수 있을까.

날을 잡고 치워도 금방 어수선해졌다. 마음의 짐을 덜고 풀지 않는 이상 내 눈앞에 놓인 것들이 온통 짐으로 변하는 마법을 겪어야 했다.

가끔은 내가 짐처럼 느껴지기도 했다. 나라는 짐은 어떻게 풀 수 있을까.

도무지 풀리지 않는 날에는 모든 걸 엎어두고 가벼운 여행 짐을 챙기듯 그중에서 당장 필요한 생각만 골라 하나씩 나라는 짐을 새로 꾸리는 연습을 하는 게 좋았다.

그 길로 환기하듯 여러 경험을 하고 돌아와 불필요한 걱정들을 정리해도 늦지 않았다.

나무 그늘처럼 커다란 그늘을 가진 사람은 몇 없다. 외로운
사람들끼리 쉬어갈 그늘을 만들 방법이 있을까.

그림자들이 공동체를 이루면 어떨까. 둥글게 서로의 그림자
안에 서 있다가 뜨거운 해가 지면 춤을 추는 상상을 해봤다.

어린아이가 그리는 해의 둘레나 맥주나 탄산음료가 담긴 유
리병 뚜껑의 실루엣처럼. 홀로 뾰족한 사람들도 모이면 귀
여워지는 상상을.

겁을 먹기 시작하면 물속으로 계속 가라앉는다. 물 몇 번 먹는 것보다 계속 겁을 먹는 게 더 위험하다.

살아가는 일도 별반 다르지 않다고 느낀다. 수영을 배우지 않았다 해도 필사의 힘으로 헤엄칠 수 있다.

겁을 조금만 덜 먹어도 생각보다 괜찮은 일이 슬쩍 고개를 내민다.

몸이 마음을 누이고
기분 좋은 콧노래를 불러주는 것.

노래 가사는 잘 몰라도 된다.
마음이 꿈속에서 덧붙일 테니.

무슨 일이 있을 때 한달음에 달려오는 사람.

보호자도 보호자가 처음이라서 실수하는 게 많다. 놀란 마음을 진정시키고, 지금보다 상황이 나아질 방법을 찾아서 움직인다.

눈앞에 닥친 일을 하느라 조금 더 일찍 오지 못했다는 죄책감과 기꺼이 상황을 받아들이지 못할 것 같은 기분에 휩싸인 채, 병상보다 낮은 보호자 침대에 누워 모포를 두르고 있다.

편치 않은 잠자리가 오히려 마음보다 불편하지 않게 느껴진다. 그 곁에 숨소리가 차양처럼 펴질 때 숨을 죽이며 잠에 든다.

가장 가까운 사람의 회복을 기다린다. 절망이 다가오면 희
망이 달리기 시작한다. 이어달리기 마지막 주자처럼.

바
퀴

만나서 특별한 걸 하지 않아도 "근처 한 바퀴만 돌까" 이야
기를 꺼내며 나란히 걸어줄 친구만 있어도 좋다.

초침처럼 가려는 차와 분침처럼 길어지는 사람들의 그림자.
시침처럼 조금씩 우리 쪽으로 기우는 풍경. 별다른 일이 없
어 걷기 참 좋은 날씨다.

어떤 판단은 투명해서 금이 가면 깨지기 쉬운 유리 같다. 판단 너머의 풍경에서 시간이라는 새가 날아와 부딪쳐 다치거나 죽기도 한다.

편견이 깨졌을 땐 황급히 치워야 할 파편 같은 말에 마음이 베이지 않도록 서두르지 않는 게 좋다.

익숙한 가르마 방향을 바꾸는 것만으로도 다른 인상이 된다. 남들 눈에는 미미한 변화일 수 있지만 잘 탄 가르마 하나가 그날의 기분을 가른다.

애써 머리를 하고 나왔는데 바람이 많이 부는 날에는 자포자기 상태가 된다. 사극에 나올 법한 대역죄인 머리 모양으로 실성한 듯 웃음이 터진 하루. 뜻하지 않은 바람에 세상 호쾌한 느낌으로 드라이를 마치고 양손으로 빗질하며 가르마를 탄다.

그렇게 지독한 바람을 맞았는데 자연히 갈라지는 방향이 있다. 이 작은 길조차 내 뜻대로 되지 않는다. 습관이라는 게 이렇게 무섭다.

흉
터

아픔이 머물던 자리.

종종 그 위로 올라타는 가려움이
한 번 더 상기시킨다.

손을 대면 불거지는 기억이
아직 남아있다고.

우리 모두는 잠든 세상을 깨우기 위해 태어난 알람인지도
몰라.

우리를 한꺼번에 울릴 만한 일이 일어났을 때.
그 슬픔이 세상을 맑게 만들 수 있는 자양분일 때.

잊지 말고 함께 깨어나자.

거짓말의 내용도 내용이지만, 누군가가 거짓말을 했다는 사실 그 자체에 기분이 나빠지기도 한다.

선의의 거짓말이 진정 무엇인지 모르는 사람들이 있다. 가까운 사이일수록 자기 위기를 모면하려고 말을 지어내는 사람을 어떻게 믿을 수 있겠는가.

다시는 거짓말을 안 하겠다는 말 또한 거짓말이 아니길 바라는, 한 사람의 상처 받은 마음은 저절로 회복되지 않는다.

곁에 있지 않아도 어디선가 그 사람이 보면 이래서 감춰왔구나, 그동안 많이 힘들었겠구나, 진심으로 걱정되는 걱정을 불러일으키는 거짓말을 제외하고 어떤 사랑에도 도움이 되지 않을 거짓말을 하는 사람은 살면서 안 만나고 싶다.

눈에 안 보이는 신을 믿는 일보다도 어려운 시험에 들게 하는 사람들. 그런 사람들끼리 모여서 속고 속이며 웃으며 지내는 지옥엔 안 가고 싶다.

죄책감을 느끼지 못할수록
중증에 해당하는 삶의 병.

자신이 저지른 죄에 있어서
아파하는 사람은 건강한 사람.

고개를 숙이고 두 손으로 얼굴을 어루만진다. 세수를 막 마친 맨얼굴이 좋아 보인다.

사람들은 잘 모른다. 개운할 때 짓게 되는 표정이 얼마나 귀여운지.

하루의 안색을 밝히듯 세수를 마친 순간엔 맑은 표정을 담는 깨끗한 그릇이 된 것 같다.

눈에 보이지 않는 마음도 급히 먹으면 벅차다. 마음도 음식처럼 대체로 따뜻한 상태로 천천히 먹어야 뒤탈이 없다. 마음을 잘못 먹었을 땐 물을 마시다 체한 것처럼 답이 없다.

좋은 다짐이란 무엇일까. 이유식을 만드는 심정으로 모든 포부를 식재료처럼 깨끗이 씻고 잘게 다지는 작업일까. 몇 년을 살아낸 내가 내 안에 숨은 미숙한 자아에게 건강한 다짐을 한 숟가락이라도 더 먹이는 게 성장인 듯싶다. 지금의 나는 어떨까. 나에게 최선을 다하고 있는 걸까.

내 속에 숨은 어린 나는 주로 달고 자극적인 맛에 심취한다. 먹는 동시에 즉각적으로 보상이 되는 초콜릿, 사탕, 젤리, 아이스크림, 과자, 떡볶이, 피자, 빵과 같은 감정의 완

충재들. 말과 행위도 마찬가지. 다음날 몸과 마음이 무거워질 일을 습관처럼 벌이곤 한다. 그것들을 찾을 땐 순간적으로 마음이 너그러워진다. 아무렴 상관없지 싶을 정도로 일순간 둔감해지지만, 이윽고 더 큰 자극을 찾게 되는 불상사가 일어난다.

건강하게 살아갈 방법은 이미 잘 알고 있다. 그러나 알고 있는 만큼 강박을 이기고 그 방법대로 살아가기엔 나는 나대로 나약하고 세상은 세상대로 많은 회피 경로를 알려준다. 오직 머릿속으로만 이렇게 하면 나아지겠지 하는 상상만 폭식하고 덜 움직이다 보니 자의식이 비대해질 때가 많다.

스스로 아주 작은 실수를 할 때도 가늘고 사나운 눈을 뜨면서 추궁한다. 왜 이것밖에 안 되는 건지 생각해서 한 번 받을 스트레스도 두 번 이상 받는다. 마음먹은 대로 될 리가 없다는 걸 알았지만, 뜻대로 안 되는 일들만 겪다 노력할 겨를도 내지 않고 제풀에 지친 채로 세상 다 안다는 듯이 주저앉아 입만 벌릴 때가 많다.

삶에서 냉소는 이렇다 할 효용이 없었다. 경험상 과도한 열정 이상으로 위험한 게 냉소였다. 냉소에 유일한 기능이 있다면 냉매처럼 차가운 걸 차갑게 유지해 주는 것.

다년간 지켜봤을 때 냉소란 괜한 호기심으로 맨손을 갖다 대었다가는 화상을 입을 게 분명하고, 일정 시간 상온에 두면 알아서 증발해버릴 만큼 이렇다 할 흔적 없이 사라지는 깨달음 같은 거였다. 그러나 정말 그게 다일까.

나는 가끔씩 그대로 녹지 않고 증발해버리는 냉매 같은 냉소에 물을 탄다. 여기서 물이란 위트에 가깝다. 좀처럼 풀리지 않을 듯한 꽁꽁 언 생각을 말이나 글로 풀어내는 연습을 한다. 재치 있고 능수능란해질 때까지 그 생각을 말이나 글에 담그고 기다린다.

남은 드라이아이스 조각을 물에 넣었을 때 퐁퐁퐁 소리와 함께 귀엽게 올라오던 희뿌연 연기처럼. 나는 냉소의 변주를 사랑한다.

다짐하고도 잘되지 않던 날에는 가까운 사람과 통화를 하거나 글을 쓴다. 나의 섣부른 깨달음을 물에 담그고 기다린다.

장
면

살아가는 동안 어떤 장면들을 속으로 새기게 될까. 가능하다면 마음 한구석이 판화가 가득 놓인 수장고였으면 좋겠다. 주변 이들과 공유할 만큼 몇 벌을 떠도 너끈한 장면들이 가득하다면 행복할 것이다.

공유할 수 있는 장면은 이런 것들이다.
풍경. 초상. 정물. 추상.

예전에는 여행을 가서 인증하기 위해 득달처럼 좋은 풍경을 배경으로 두고 앞다퉈 사진 찍는 사람들을 이해할 수 없었다. 풍경을 풍경으로만 봐도 충분할 거란 생각 때문이었는데, 풍경과 함께 찍힌 인물의 표정을 풍경처럼 보고 싶은 날도 있다는 것을 깨달았다.

휴대전화 사진첩 속 최근 많은 지분을 차지한 사람은 현재 가장 사랑하는 사람일 확률이 높다. 지분율의 변동이 큰 시절을 지나 일정 시기가 찾아오면 몇몇 인물들로 크게 축약된다. 각을 잡고 열심히 찍은 사진도 있지만, 생활 속에서 자연스럽게 찍은 사진에 눈길이 간다.

풍경은 주로 몸소 날씨나 계절을 느꼈을 때 눈으로 깊게 담는다. 바쁜 날들 속에서 늘 치여 있는 듯한 기분으로는 주변을 둘러볼 재간이 없다. 길을 걸을 때 바닥과 정면만 응시하지 않고 하늘을 한 번만 올려다봐도 조급함이 많이 누그러진다.

정물은 주변을 둘러싼 크고 작은 것들. 멈춰 있는 것처럼 보이지만 마음을 다해 들여다볼수록 동력이 깃들어 다각도에서 말을 걸어올 때가 있다. 어제오늘 같은 자리에 줄곧 놓여 있던 어떤 것을 생각의 디딤돌 삼아 다른 차원에 다녀오기도 한다.

추상은 앞서 말한 장면들이 뒤섞이거나 번져갈 때. 혹은 나조차도 가늠할 수 없는 기운이나 기분 같은 것들이 맴돌거나 하루를 휘저을 때 불쑥 생겨나는 그림이다.

그렇게 하나하나 모은 장면 가운데 종국에 파노라마처럼 이어질 장면들은 어떤 것일까. 사람이 죽는 순간 살아온 시간이 주마등처럼 스친다는데. 어떠한 스틸컷들이 어떠한 순서로 나열될지 모르겠다.

그 모르는 끝을 향해. 오직 자신을 위해 개봉될 한 편의 영화를 위해. 이렇게 수두룩한 장면들을 스치며 새기고 있는 오늘이다.

막대 아이스크림. 통에 담긴 아이스크림. 구슬 모양의
아이스크림. 찰떡 모양의 아이스크림. 콘 위에 올라간
아이스크림. 비닐이나 종이 튜브에 담긴 아이스크림. 네
모반듯하게 얇은 종이로 감싼 아이스크림.

다양한 맛만큼이나 다양한 형태의 아이스크림을 본다. 각자
의 개성에도 일정 온도에서 모두 녹기 시작한다.

무언가가 속에 녹아드는 과정이 아이스크림을 먹을 때의 느
낌과 같아서 웃음이 날 때가 있다. 누군가에게 녹아드는 과
정도 그와 비슷한 느낌을 주지 않을까?

처음은 꽝꽝 얼어 있는 모습이지만 결국엔 녹고 마는 부드러움. 아이스크림에 기대하는 것과 좋아하는 대상에 거는 기대가 다르지 않다.

선물 받은 꽃다발을 풀어 줄기 끝을 사선으로 한 번 더 다듬어 화병에 담았다.

몇몇 꽃들을 오래 보기 위해선 물올림을 좋게 해주어야 한다. 줄기 끝에 열탕 처리를 해주어야 하는 경우도 종종 있다.

잘 모르고 꽃에 물을 갈기만 했을 땐 몇몇 꽃이 금방 시들고 물러 화병 속 물이 금세 탁해지곤 했다.

뿌리가 잘린 꽃들을 어떻게든 오래 보겠다는 마음이 영 이상했다.

결국엔 시들어 버릴 꽃 뭐하러 주고받나 해도 아름답고 생생한 것을 주고받는 과정에 기쁨이 오가는 건 좋았다.

수명이 다한 몇몇 꽃들의 줄기가 미끌거리던 기억. 그 기억 때문에 종종 꽃을 살 때면 뿌리째 사곤 했다. 뿌리를 내린 채 자유롭게 뻗어가는 줄기들이 전해주는 아름다움이 또 있었다.

인생의 가닥을 잡아야지 해도 막상 잡히기 시작하면 불안해졌다. 이게 끝은 아니겠지 싶은 불안감이 올라왔다.

이제는 인생의 가닥이 좀처럼 잡히지 않아도 건강히 오래 뻗어가는 줄기를 볼 수 있다면 그걸로 됐다는 생각이 든다.

꽃이 있든 없든 건강한 줄기가 하늘 아래서 하늘거리기를.

불쑥불쑥 차오르는 단발 욕구를 퇴치하는 방법은 단발의 잘된 예와 못된 예로 대표되는 연예인 사진을 보는 것이다.

보통 단발이면 장발일 때보다 편해지겠지 생각하지만 머리 카락을 감고 말리는 수고로움이 줄어드는 것 빼고 큰 장점 은 없다. 장점을 애써 더 꼽자면 목 주변이 시원하고 어깨나 등이 간지러울 일이 없다는 것이다.

사실 스타일링을 하자고 마음을 먹으면 장발 못지않게 품이 많이 들 수밖에 없다.

이 모든 것은 타고난 머릿결에 달리기도 했고 얼굴과의 합 도 봐야겠지만, 단발이 좋다면 단발을 하는 것이다. 뭐 어떤

가. 머리카락은 자란다는 희망이 있지 않은가.

잠깐의 잘못된 선택을 해도 기다리면 자라는 머리카락 보듯이 어색하고 망한 것 같은 순간을 가만히 두는 연습을 해보자. 그 선택이 좋다면 그 선택을 하는 것이다.

예상했던 그 느낌이 살지 않아도 기다려보자. 또 다른 선택을 할 수 있는 시기까지만 꾹 참아보자.

침엽수와 활엽수가
비를 맞는 모습을 보고 있다.

바늘과 천이 흠뻑 젖을 동안
빗물은 실이 되기 위해서
계속 내리고 있다.

여름 장마는 여름의 박음질.

여름이 제 손으로 할 수 있는
가장 튼튼한 바느질을 해나가고
그사이 뿌리들은 갈증을 해소한다.

낮

밤이 저민 어둠의 상처를 덮고 올라온 시간의 새살.

더
위

뜨겁고도 따가워 피부에 감자팩을 올린 여름날. 껍질 벗긴
하얀 감자의 모습은 온데간데없고 거무죽죽하다. 감자의 희
생에 감탄하며 찜통에 든 감자를 꺼내서 접시에 옮겨 담았
다. 뜨거운 감자. 중요한 만큼 쉽지 않은 문제들. 알알이 놓
인 감자를 든다. 설탕에 찍어 먹어도 좋고, 소금에 찍어 먹
어도 좋다. 단맛과 짠맛을 다 훌륭하게 소화하는 감자처럼
살고 싶다. 감자의 꽃말처럼. "감자, 당신을 따르겠습니다."

열매

구름

정전기

결

너머

서랍

껍질

질문

공

문득

선물

3 장 .

가을, 열리는 마음으로

주머니

배웅

갈피

여행

미소

문

사이

노을

어떤 구름은 새하얀 연고 같다.

가끔 내가 아는 모양으로 두둥실 떠 있는 구름을 본다. 미술 시간에 매만지던 지점토처럼 누군가가 웃으며 귀엽게 빚어 놓은 것 같다. 토끼 구름. 고양이 구름. 하트 구름. 구름을 발음하면 기분이 좋아진다.

먹구름은 자신의 어둠으로 투명한 비를 내린다. 나는 내 어 둠으로 어떤 투명함을 꺼낼 수 있을까.

어떤 상념은 구름 같다. 연고가 될 때도 있고 작품이 될 때 도 있다.

사랑하는 사람과 번갈아 서로를 향해 먹구름처럼 어마어마한 말들을 쏟아낼 때는 두렵다. 조금 거세도 그것들을 기다렸던 것처럼 받아주는 사이가 될 수 있을까 걱정이 되기 때문이다.

때때로 가뭄이 난 땅처럼 외로움에 바짝 금이 갈 땐 시원하게 건드리는 말들도 애정이라 느껴졌다. 그러나 종일 바닥에 퍼붓는 말들을 오래 감당할 사람은 없기에 나는 내 우울함이 뭉쳐놓은 생각이 먹구름처럼 몰려들까 무서웠다.

불안을 누르고 애써 맑은 얼굴을 한 날. 젖은 솜이불을 덮은 것처럼 춥고 무거워지는 기분을 안다. 그 기분을 홀로 견딘 사람과 사랑을 하면 어떨까. 그래서 누군가를 만나고 매일 다른 모양의 구름을 띄웠다.

구름 한 점 보이지 않는 날도 있었고, 어쩌면 더 높은 곳엔 구름이 떠 있을지 모르니 그 구름의 모양을 상상해보자 웃으며 이야기 나누는 날도 있었다.

그러나 정말 기억에 남는 날이 따로 있지 않을까. 예기치 못한 악천후 속에서 비로소 나눌 수 있는 이야기가 있지 않을까. 이런 가련한 희망을 품은 사람과 끝까지 사랑을 해볼 수 있을까.

기쁨을 위해 슬픔을 가두지 않고 그조차도 깊이 받아들이는 연습을 해보고 싶다.

종종 어린 시절에 경험했던 소소한 과학 실험들이 생각난다. 설탕과 소금을 가열했을 때 일어나는 각각의 반응을 관찰한다거나 여러 용액에 리트머스지를 적셔보는 일. 머리 위에 풍선을 두고 문지르다 살짝 떼어내면 머리카락이 부스스 함께 올라오는지 알아보는 실험도 그중 하나였다.

조금 더 커서는 정전기 청소포라는 게 출시되었다. 뭐 이렇게 간편한 게 있지 싶어 독립해서 살던 집에 몇 봉지씩 사다 두곤 했다. 먼지와 머리카락. 매일 낙하하는 것들은 정전기에 약했다. 무언가에 약하다는 건 무언가를 몸소 받아들인다는 것인데. 정전기에 이끌려 청소포에 달라붙은 먼지와 머리카락들이 꼭 그랬다.

마찰을 일으켜 깨끗한 바닥을 보는 일. 거기서 끝나면 좋겠지만 진정한 바다 청소의 마무리가 물걸레질이라는 걸 몸소 깨달은 뒤부터는 정전기 청소포를 사지 않았다. 머리카락이 부스스 올라올 때 물을 살짝 묻힌 빗이나 손으로 머리카락을 만지면 아무 일 없다는 듯 잠잠해지는 것처럼 몰래 혼자 울고 물 묻은 표정으로 바닥으로 떨어진 기분을 훔치는 일에 차츰 익숙해졌다.

이렇게 스스로 훔치고 버린 기분은 어디로 향해 갈까. 가라앉는 기분은 왜 더럽고 벗어나야 하는 것처럼 느껴질까. 그 궁금증을 해결하지 못한 채 아무것도 할 수 없을 듯한 상태로 얼마간 치우지 못한 방에서 지낼 때가 있었다. 그때 어떤 방법을 써도 무력감을 벗어날 수 없다고 느껴졌는데 유일하게 찾은 방법이 아침에 눈 뜨자마자 아무 생각 없이 바로 몸을 씻는 거였다.

내면에서 일어나는 마찰을 단박에 재울 수 있는 최선의 활동으로 샤워를 하고 나오면 그래도 그날은 무엇을 조금 더할 용기가 생겼다. 무언가 잘되지 않는 부침이 많은 시기일

수록 몸과 마음, 방과 마음이 연결되어 있다는 생각으로 하나씩 차근차근 깨끗하게 하면 좋다.

공

학창시절 교문에 다다르려면 널찍한 운동장 한복판을 지나야 했다. 방과 후에도 공 하나를 두고 신나게 뛰어놀던 아이들. 친구와 조용히 그 요란한 틈을 빠져나가던 하교 시간마다 혹시나 날아오는 공에 맞을까 심장이 쿵쾅거리곤 했다.

누군가 의도하지 않아도, 아무리 조심해서 걸어도 날아오는 공에 맞는 날이 있었다. 바람이 꽉 찬 공 하나에 몸을 부딪치는 게 그땐 왜 그렇게 두렵고 서러웠는지 모르겠다. 돌이켜 생각해보면 공에 맞는 것보다 공을 맞고 난 이후에 나에게 순간적으로 집중되는 시선이 부담스러웠던 것 같다.

어느 구기 종목 속 모두가 집중하는 공처럼 어른이 되어서도 다수가 일제히 집중하는 관심사들이 있다. 그 나이대라면 모두가 손이나 발을 뻗고 달려드는 게 보통이라고 생각하게 되는 무언가. 그것에 달려 붙을 생각도 하지 않았는데 그것이 불쑥 먼저 내게로 날아들기도 한다.

학창시절 피해 다니던 공처럼 여전히 집중하고 싶지 않고 집중되고 싶지 않은 주제와 순간에 맞닥뜨렸을 때. 어쩐지 두렵고 서러운 감정이 밀려들 수 있지만, 일단은 그 판을 벗어날 용기를 내어 보는 연습을 해보는 건 어떨까. 자신의 타고난 에너지와 리듬에 가장 잘 맞는 공을 찾으러 가는 길이라고 생각하면서 말이다.

오늘은 그렇게 믿어야겠다. 방 안의 지구본을 찬찬히 돌려보거나 집 앞에 나가 마음 가벼운 표정으로 비눗방울을 불어왔던 경험도 모두 둥근 마음을 공글려왔다고. 여전히 두렵고 서러운 마음에 움츠러들 때도 있지만 은은한 촛불 같은 잔잔한 활기로 자신의 인생을 밝힐 수 있는 사람이라고.

사람이 맺을 수 있는 열매를 헤아려본다. 그러나 한 사람 한 사람이 열매라고 생각하면 존재 자체가 이미 큰 성취 아닌가. 어떤 것을 해내고 이루어야 한다는 강박 없이 세상에 열려 있다는 감각을 느끼려면 어떻게 해야 하나.

살면서 별다른 일 없이 힘들었던 시기에는 항상 헛도는 마음으로 노력만 했다. 이걸 이루면 달라져. 이걸 해내면 달라져. 스스로 다짐하듯 열심히 사는 모습이 나쁘진 않았지만 크게 좋지도 않았다. 그도 그럴 것이 나조차도 온전한 나를 받아들일 자신이 없었기 때문이다.

자기 수렴이 잘된 사람은 "내가 원래 이렇다" 하는 말을 창이나 방패로 쓰지 않아도 될 만큼 평화롭게 모든 것을 받아들일 것 같은데 나는 그렇지 않았다. 번번이 공격과 방어를 하고도 피폐해진 마음이었다.

대체 어떤 모습이어야 나는 나를 수용할 수 있을까. 내가 생각하는 내가 생각보다 비대해서 벌어지는 비극을 막고 싶었다.

주변에 있는 사람이, 나를 둘러싼 일이, 세상 모든 게 자꾸만 싫어지는 까닭은 내가 나를 마음에 들어 하지 않기 때문이다. 물론 나 자신을 수용하고도 용납할 수 없는 상황들은 생길 수 있다. 그럼에도 내가 나를 수용해야 한다.

좋아질 거라는 믿음의 씨앗이 내 안에 있는 것처럼 굴어야 한다. 나는 열매이고, 그것을 증명하는 일은 오직 내가 열매라고 믿는 일뿐이라는 듯. 그 일이 아닌 또 다른 일을 할 때도 예전보다 덜 초조한 마음이길.

그 자체로 말간 존재이길 바란다.

같은 바람에 누웠다가 일어나고 싶다. 결이 비슷한 사람들 틈에서 유난스럽지 않은 일상을 꾸리고 싶다. 괜한 욕심에 혼자 특별해지고 싶은 감정도 들지만, 결국 내가 바라는 건 그런 거였다. 여러 조건을 내걸지 않은 결이라는 소속감 말이다.

각자 사는 지역도 다르고, 하는 일도 다르고, 생긴 모습도 다르고, 고민하는 문제도 다른데 그것들을 대하는 결이 비슷한 사람들이 있다. 나이 들수록 자주 만나야 일 년에 한두 번인데도 보면 또 한결같이 편안한 느낌을 전해주는 이들이 있다는 건 좋은 일이다.

한데 모인 들풀처럼 친구들과 만난 날이 있었다. 그중 가

장 먼저 결혼해서 아이를 낳은 친구 집에 모여 있었다. 일
과 내내 육아하는 친구 곁에서 시간이 참 빠르다는 이야기
만 반복했다.

그날 늦은 저녁 아이를 재우러 방으로 들어간 친구 부부가
마침내 옅은 한숨을 내쉬며 나왔다. 우리는 그제야 테이블
에 두런두런 둘러앉아 아이가 깨지 않을 정도의 조곤조곤한
목소리로 그동안의 근황을 주고받았다.

늦저녁부터 밤까지 이어가던 이야기에 귀를 기울이던 그날.
한 친구가 다 같이 보자며 영화 한 편을 틀었고 온종일 아
이를 돌보며 오랜만에 손님까지 맞아야 했던 친구의 눈이
스르르 감기기 시작했다. 잠이 든 친구가 조금 더 쉬길 바
라며 한 친구가 볼륨을 줄였고 우리 모두 친구 옆에서 조용
히 흘러나오는 자막에 집중하다 비슷한 속도로 눈이 감기
기 시작했다.

몇 분 뒤 가장 먼저 눈이 감겼던 친구가 화들짝 놀란 듯 일
어나며 말했다.

"얘들아 여기서 이렇게 자지 말고 들어가서 자. 아니면 이불이라도 가져다줄게."

자신이 들어도 모자랄 말을 하며 이불을 꺼내오는 친구를 보며 몇 해 전 처음 술 한 잔 하자고 일하던 친구를 불러냈던 기억을 떠올렸다. 같은 직장에 다니면서 별다른 말을 주고받지 않아도 이상하게 마음이 편안했던 친구와 밤새 술을 마시고 집으로 들어가던 가을날 새벽. 친구는 버스 정류장에서 추워 보인다며 대뜸 자신이 두르고 있던 스카프를 풀어 나에게 둘러주었다.

그때나 지금이나 참 한결같은 사람 옆에 또 한결같은 사람. 이제 더는 같은 회사에 다니지도 않고 전보다 더욱 다른 기로에 접어든 채 각자 생활하고 있지만 여전히 만나면 좋다. 이 친구들과 비슷한 결을 유지하고 싶다는 감각이 결국 또 나를 살린다는 것을 깨달은 날이었다.

특별한 이유 없이 알 수 없는 답답함에 이끌려 대청소를 결심하고 가만히 있던 서랍을 한 번씩 뒤엎어 보던 날이 있었다.

무언가 넣어 둔 채 한동안 모른 척했던 서랍 속에서 꺼낸 물건을 한 번씩 살펴보며 이런저런 생각에 빠지기 시작했다. 애초에 정리할 게 서랍 속이 아니라 머릿속이라는 걸 다시금 깨닫는 동안 다양한 기억이 쉴 새 없이 펼쳐졌다.

온갖 잡동사니와 사진, 메모, 편지 등등. 아니 그러니까 이것은 왜 여태 갖고 있던 것이며 이게 왜 이제야 여기서 발견된 것인지 하는 의뭉스러움이 끊임없이 샘솟았다.

정리의 달인들은 비슷한 종류를 한데 차곡차곡 정리한다는데. 이 모든 것은 대체 무엇을 말하기 위해 이 서랍 속에 잠들어 있던 걸까. 그 메시지를 굳이 하나의 표현으로 정리하자면 "다 안고 갈 수는 없다"였다.

모든 기억을 스스로 매일 꺼내어 보기란 어렵다. 심지어 서랍 속에서 꺼낸 물건 중에 몇몇은 아무리 살펴봐도 도무지 아무런 기억도 떠오르지 않았다. 대체 누가 이런 물건을 여기에 넣어 놓은 것인지. 분명 나밖에 넣을 사람이 없는데도 낯설게 느껴져 오싹해지기도 했다.

내가 이런 걸 샀다니. 내가 이런 걸 받았다니. 대체 내가 왜 이런 걸 가지고 있는 거지. 기억이 났지만 거부 반응이 들 만큼 이해할 수 없는 것도 들어 있었다.

그날 열었던 서랍이 램프라면 아마도 램프 요정은 내면의 답답함이고, 내가 빌기 시작한 소원은 지나간 나를 이제야 보내주는 일이지 않았을까. 평소에 정리를 잘하고 사는 사람들은 도무지 공감할 수 없겠지만, 가끔 이런 이벤트를 자처해도 좋다.

단, 지나간 나를 너무 들여다보는 일도 길어지면 새로운 정리의 기회를 놓치고 만다는 걸 명심해야 한다. 기념 끝에 처분할 것들을 처분하면서 서랍 속을 조금 더 넉넉하게 만든다. 조금 더 넉넉한 마음의 공간을 확보한다.

관심의 고공행진. 고립된 상황을 벗어나 좀처럼 넘을 수 없던 높은 산과 깊은 바다 같은 고민과 수심을 건너갈 수 있는 동력이다.

눈에 보이지 않는 너머로 뻗어가는 마음은 그 자체로 힘이 있다. 좋아하는 마음이 생기면 기분 좋은 든든함이 밀려온다. 그 든든함으로 제힘으로 미래를 그릴 수 있게 된다. 그 미래가 실현될 확률이 얼마나 될지는 확언할 수 없지만, 추진할 수 있는 너머가 있다는 건 근사한 일이다.

내일 일어날 일을 알 수 없지만 오늘의 나를 묵묵히 이끌고 간다. 좋아하는 마음을 언제나 귀하게 여기면서.

껍질째 먹을 수 있을 만큼 건강하게 키웠다는 과일과 채소
를 보면 기분이 좋다.

중요한 알맹이를 보호한다는 이유로 농약을 쳐서 벗겨낼 수
밖에 없던 껍질들. 돌이켜보면 삶에도 이런 일이 왕왕 있었
다. 상품성을 지닌 사람이 되기 위해 독한 마음을 먹고 무
리해서 일하고 좋은 모습을 보여주기 위해 꾸미기 바빴던
하루하루.

모양이 좋지 않은 어떤 하루는 버려지기도 했다. SNS에는
언제나 탐스러워 보이는 하루의 모습만 올려 두려고 노력했
다. '좋아요' 하나라도 더 받으려는 마음에 어딘가 처연해 보
이고 구질구질한 모습은 가차없이 도려냈다.

"멋지다"는 댓글이 달리는 게시글이 피드에 가득 채워질수록 실상은 병들어가고 있었다. 눈을 뜨자마자 SNS를 확인하는 날에는 경매하듯 나의 가치를 올려 부를 만한 좋은 인증사진을 남기려고 애썼다.

> 오늘은 여기에 갔고, 오늘은 이걸 샀고, 오늘은 이걸 봤고, 오늘은 이 사람을 만났고, 오늘은 이런 걸 받았고, 오늘은 이런 경사가 있었고, 그래서 오늘 나는 행복하다.

전시된 행복은 값비싼 과일바구니처럼 느껴졌다. 특별히 당도가 높은 고품질의 기억들로만 채웠다는 느낌.

세상에 스스로 갖기 위한 용도로 과일바구니를 구매할 사람은 몇 명쯤 될까. 모양이 조금 이상해도 껍질째 먹을 수 있는 건강한 과일이면 얼마든지 기분 좋게 살 수 있는 걸 아는데도 굳이 과일바구니를 구매할 사람이 있을까. 드물게 그런 사람과 그런 상황이 있을지도.

그러나 오늘 나는 내 속에 모두 담을 수 있는 건강한 하루를 살고 싶다. 그 하루가 어떤 모양이었든 결국엔 건강해질 거란 믿음을 품고 싶다. 그 기억을 토대로 하루쯤 지난날들의 기록을 SNS에 올렸을 때 비로소 살아 있는 기분이 들곤 한다.

몇 살인지. 하는 일이 뭔지. 어디 사는지. 얼마 버는지. 호구 조사나 청문회 하듯이 던지는 질문 말고 누군가에게 다채로운 질문을 던질 수 있는 사람인가. 나는 사람에게 정말 관심이 있는 사람인가.

좋아하는 사람에게 건네는 질문의 선택지조차 좁을 때가 많다. 다 알겠다는 이유로 궁금한 게 없어지거나 궁금증이라고 해봐야 그 사람을 향해 가는 눈을 뜨듯 의심만 깊어질 때. 좋았던 사이도 점점 어긋나고 만다.

질문이 계속된다는 건 잘해보고 싶다는 마음이 크다는 방증이다. 피상적인 관심만으로는 좋은 질문을 던질 수 없다.

좋은 질문은 엉켜 있던 생각을 풀어준다. 좋은 인터뷰 내용만 읽고 있어도 생각이 술술 풀린다. 종종 자신과의 대화가 필요할 때는 인터뷰어와 인터뷰이를 동시에 자처하면 좋다.

> 새로운 나를 발견하게 만드는 질문들. 원래 알던 나를 더 좋아지게 만드는 질문들. 좋아하던 것들을 되찾아주는 질문들. 삶의 허를 찌르는 질문들.

내가 몇 살인지. 하는 일이 뭔지. 어디 사는지. 얼마나 버는지. 그런 질문들을 다 떠나 이런 게 나의 본질이구나 깨닫게 하는 질문을 스스로 꺼내고 나면 모든 게 다시 보인다. 모든 게 제대로 보이기 시작한다.

문
득

문득 생각이 났다며 연락을 주는 사람. 문득 생각이 났다며
선물을 주는 사람. 문득 생각이 났다며 좋은 것들을 수시로
공유하는 사람. 줄곧 그랬다고 이야기하면 부담스러울지도
몰라 그저 문득이라는 말로 마음을 전하는 사람. 별다른 용
건이 없이 문득 전해진 마음에 설레는 사람. 문득 올려다본
하늘처럼 크고 너른 마음을 지닌 사람. 그런 사람들의 문득.

누군가를 생각하며 선물을 고르는 마음과 누군가에게 뭐가 필요한지 물어보고 선물하는 마음. 두 마음 모두 좋은 것을 주고 싶은 마음이 바탕이라면 충분하다.

가장 기억에 남는 선물과 가장 많은 선물을 주고받은 사람을 떠올려 본다. 산타인가 싶을 정도로 선물을 주기만 했던 사람도 떠올려 본다. 내가 나에게 선물을 한 경험이 있다면 그 기억도 함께 떠올려 본다.

그 모든 것을 떠올린 후에 내가 생각하는 좋은 선물이 무엇인지 정리해 본다. 좋은 선물에 대한 정의와 좋은 삶에 대한 정의가 비슷한지 살펴보고 다르다면 그 간극을 내가 어떤 마음으로 채울 수 있는지 생각해 본다.

스스로 좋은 것을 주고 싶은 마음이 바탕이라면 충분하다.
어떤 삶이든 그 마음만 바탕에 깔고 가면 된다.

진한 주황색으로 물든 둥근 해가 뜬 가을날. 적당히 쌀쌀해진 날씨에 편의점에 들어가 온장고에 들어가 있던 캔이나 병 하나를 쥐고 걷는다.

일제히 단풍이 들 것 같던 나무들도 한 거리에 줄지어 서 있지만 조금씩 다른 속도로 계절을 겪고 있다. 어쨌든 다 물들고 나면 언제 그랬냐는 듯이 낙엽이 바닥에 수북이 깔릴 것이고 빈 가지가 늘어갈 것이다.

무르익은 감만큼 아름답게 물든 감나무 잎. 가을엔 지천이 무르익고 물드는 풍경이다. 그 풍경을 따라 깊고 짙어져야 할 것 같은 느낌도 든다.

단감도 될 수 있고, 곶감도 될 수 있고, 홍시도 될 수 있는 어떤 가능성으로 감이 주렁주렁 열려 있다. 깊고 짙어져야 할 것 같은 내 느낌도 감과 비슷하게 열리고 있다.

몇몇 가능성은 가지를 흔들어 따지 않고 까치밥처럼 남겨둔다. 나의 가능성을 조금씩 세상과 나눈다.

소중한 인연을 떠나보내는 일에 익숙해질 사람이 있을까.
모든 이별이 어렵지만 죽음으로 인한 이별은 좀처럼 익숙
해지지 않는다.

그날 빈소는 유독 조용했다. 좋지 않은 일이지만 이제라도
돌아가신 분을 위해 돌아가신 분과의 추억을 하나씩 꺼내
며 빈소가 덜 적적하게 밥도 먹고 술도 먹고 가는 게 예의라
고 누군가 말했다.

이런저런 추억을 꺼내다가 눈시울이 붉어지거나 목소리가
떨려오는 사람들 곁에서 같이 울다 웃다 멍해지는 순간을
반복했다.

앉은 자리에서 다시 바라본 영정 속 이마 위로 쨍한 형광등 불빛이 흐르고 있었다. 밝은 볕을 쐬면서 함께 산책하기로 했는데. 다음에 꼭 보자고 했는데. 약속한 다음을 살면서 영영 되찾을 수 없게 되었다.

종종 만나면 늘 격려의 말을 전해 주던 사람. 그 격려를 되돌려주지도 못한 채 부랴부랴 배웅하게 되었다. 그날 이후 누군가가 꺼내는 좋은 말들을 기억해 두었다가 되돌려주곤 한다. 어떤 사람은 자신이 듣고 싶던 말을 다른 사람에게 하니까. 자신이 받아야 했던 마음을 다른 사람에게 주고 불쑥 사라지니까.

> 괜찮아요. 충분해요. 잘하고 있어요. 잘될 거예요. 힘들면 이야기해요. 말하기 어려우면 하지 않아도 돼요. 그냥 만나서 천천히 걸어요. 언제든 만나서 따뜻한 밥 먹어요. 차 한 잔 마시면서 시답지 않은 농담을 해도 좋아요. 응원해요.

그 말을 모두 돌려줬다면 어땠을까. 마지막으로 봤던 날 잠깐 스친 표정을 보고 더 많은 이야기를 나눴어야 했는데. 후회는 언제나 늦고 깊다. 언제나 갑자기 일어난 일 같았지만 꽤 많은 마음을 미뤄온 결과였다.

주	
머	
니	

도라에몽의 주머니냐. 캥거루의 주머니냐. 정녕 그것이 문제일까?

어쨌든 주머니는 쓰기 나름이고 그 안에 어떠한 미래를 품어내든 전부 멋진 일이다. 설령 아무것도 없는 앞주머니가 달린 귀여운 후드티를 입고 있어도 편안함으로 충분하다.

어느 나이까지 계속 꿈을 꿀 건지. 아이를 낳아 기를 건지. 그런 건 온전히 개인의 자유에 맡겨야 하는 문제라고 생각하는데 여전히 누군가는 강요하고 누군가는 강박에 시달린다.

자신의 앞주머니에 무엇을 넣든 그것은 스스로 선택한 미래

142

이길. 어떠한 미래를 따라가도 아쉬움이 남는 거라면 그래도 선택한 쪽이 좀 더 낫다.

나는 나의 앞주머니에 어떤 미래를 품어낼 것인가.

도라에몽의 4차원 주머니 속에 가득한 비밀도구들과 캥거루의 주머니 속에서 들썩이는 아가 캥거루처럼 껑충껑충 거침없이 뛰어들 미래의 필요성을 느끼고 싶다. 당장은 꼼지락거리던 두 손을 주머니 속에서 맞잡고 있을 뿐이지만, 언젠가 스스로 손써야 할 미래의 일들을 그려본다.

주머니처럼 늘어진 후드 모자를 쓰고 마트료시카가 된 것처럼 내가 나를 계속 꺼내는 미래는 어떨까?

갈
피

이젠 좀 갈피를 잡아야 하지 않나 싶어 스스로 부추기는 마음이 어디서 파생되는지 안다. 계획도시처럼 구획을 나누어 관리하고 싶은 분주한 생각이 그 근원이다.

개인의 취향이지만 부랴부랴 발전한 도시에 굽이굽이 놓인 골목들이 매력적으로 느껴지기도 한다.

삶도 마찬가지. 어차피 계획대로 되지 않을 거 기회가 될 때마다 성장시키고 괜찮은 전통은 이어가자, 마음먹은 사람들이 있다.

남들이 그 어떤 근사한 계획을 세웠든 나는 그 어떤 사람보다 수습을 잘하는 사람이니까 괜찮다는 생각도 나쁘지 않다. "마음대로 가보자" 하는 추진력과 함께 그때그때 수습할 일들을 수습해 나아가면 된다.

정답은 없다. 미리 준비해 볼 필요도 있겠지만 계획 없이 자유롭게 준비하며 터득해 가는 삶도 있는 거니까.

그 과정에서 얻은 필살의 비결을 책의 가름끈이나 책갈피로 삼아, 읽고 있는 인생의 한 페이지에 놓으면 된다.

"어디를 어디까지 가봤냐" 묻던 모 항공사의 광고 카피나
〈걸어서 세계 속으로〉라는 프로그램 제목처럼 여행은 몸과
마음이 계속 갈 길을 열어가는 것이다.

여행 중에 가장 기억에 남는 여행은 계획대로 되지 않았던
것이라는데. 고생길이 기억에 남는다는 정설을 이기고 휴양
의 느낌만 듬뿍 가져가는 여행을 하면 어떨까.

그러나 여기까지 온 이상 대충 보고 갈 순 없다는 일념으로
빡빡한 일정을 세운 동행자와 여행을 간다고 가정해 보자.
동행자에게 슬렁슬렁은 있을 수 없는 일.

아침 일찍 일어나 일출 봐야 하고요. 조식 먹어야 하고

요. 이때는 나가야 이걸 볼 수 있고요. 또 저걸 볼 수 있고요. 이 루트로 가야 좋고요. 이걸 먹는 게 안전한 선택이라고 들었습니다. 이런 걸 쓰면 할인이 된다고 하니까 이 혜택 놓칠 수 없고요. 모르고 못 누리면 억울하고요. 여기서 거기까지 이동은 이렇게 할 거고요. 내일도 몇 시부터 움직이려면 몇 시에 잠드는 게 좋겠습니다.

들기만 해도 가슴 벅찬 이야기를 한 귀로 듣고 한 귀로 흘리고 여행 가서 그건 꼭 해야겠다며 일정과 상관없이 하고 싶은 하나만 생각하는 이에게. 여행이란 어쩌면 즉흥에 즉흥을 더하는 재미일 것이다.

잠잘 곳이 분명하고 어떻게 이동할지만 파악이 된다면 여행 계획은 얼추 세워졌다고 믿는다. 단, 멀고 낯선 곳일수록 불안감에 평소보다 조금 더 많은 정보를 찾게 된다. 즐거우면서도 안전하게 다녀오고 싶다는 점에서 여행과 삶에 바라는 바가 비슷한 것 같다.

어디로 어떻게 다녀올 것인지 파악하는 것만큼 중요한 게 어떤 마음으로 떠났다가 돌아올 것인지 그려보는 일이라 생각한다. 지쳐서. 답답해서. 쉬고 싶어서. 새로운 걸 보고 싶어서. 대단한 걸 보지 않아도 그 자체로 좋을 것 같아서.

여행이 좋은 이유를 여럿 밝힐 수도 있겠지만, 개인적으로 가장 좋은 점 하나를 꼽자면 내던져진 몸과 마음이 탄성을 획득한다는 것이다. 여행을 다녀오면 여독이 쌓이기도 하지만, 여행이 일깨우는 감성을 생각하면 다녀오지 않을 까닭이 없다.

> 어차피 돌아올 뭐 하러 떠나야 하나 했는데 돌아와서도 새겨들을 말이라는 게 정말 작은 거여서. 작게 보이는 걸 보니 멀리 있구나 싶어서. 결국엔 이렇게 왔다 돌아가야 하는 게 아닌가 싶다.

몇 해 전 여행을 다녀와서 남긴 글의 일부를 옮겨 적었다.

여행 끝에 일상은 다시 반복될 뿐이라고 생각했다. 하지만 그렇지 않았다. 살아가면서 가장 모순적으로 느껴지는 기분은 내가 나와 멀리 있다는 기분인 것 같다. 그 기분을 옅은 온점으로 남기기 위해 여행을 떠난다. 언제든 돌아올 수 있는 일상이 있다는 사실이 새삼 감사하다.

저절로 미소 짓게 하는 누군가. 혹은 무언가. 그 모든 게 무구하기만 할 때 사람의 안색을 몇 배로 밝히는 것 같다. 하나의 등불이 된 것처럼 미소로 환해지던 순간들을 기억한다.

누군가에게 귀여운 농담을 던지고는 자기가 생각해도 너무 재밌는지 싱긋 웃어 보이던 사람의 익살스러운 미소가 특별히 기억에 남는다. 장난꾸러기의 미소 같은 그런 미소. 어른이 되어서도 그 표정을 잃지 않는 사람들이 있다.

어린아이와 함께 있는 엄마나 아빠. 친구와 함께 있는 친구. 연인과 함께 있는 연인. 다양한 사람들 틈에서 새어 나오는 미소를 좋아한다.

난처할 때 미소 짓는 사람도 있다. 무언가 어색하고 힘든 마음을 미소라는 장막 뒤에 숨기는 사람도 있다. 미소는 상황에 따라 등불이 됐다가 장막이 됐다가 어느 순간엔 액자가 되기도 한다. 미소라는 액자 속에 어떤 것을 더 걸 수 있을까.

때때로 혼자 미소를 지으면서 하는 생각들이 있다. 그 생각들은 대개 살아가는 데 힘이 되는 추억이나 아이디어들이다.

추억으로 미소 지을 땐 잔잔한 물가에 돌을 던져 생긴 물수제비처럼 파동을 느낀다. 번뜩이는 아이디어로 미소 지을 땐 수면에 번진 윤슬처럼 반짝거린다.

내가 나를 생각하면서 거울 앞에서 미소 지을 땐 어떤 모습일까. 거울 속 나와 함께 미소 지을 때 묘한 감정을 느낀다. 실제로 웃을 때와 비슷할까.

대개는 무구한 것. 여리거나 아린 것. 반짝이는 것.

어떤 미소는 꽃 밑 줄기에 열린 여린 잎사귀 같다. 새로 자라난 잎사귀라 새것처럼 반들거리는 모습이다.

꽃잎보다 먼저 시선이 가게 만드는 일은 드물지만 은은해서 보면 볼수록 질리지 않는 여린 잎사귀 같은 미소를 자주 짓고 또 보고 싶다.

방에 달린 문짝의 면적은 한 사람이 누울 법한 싱글 침대 정도 된다.

큰 문이 있는 곳은 그만큼 대단하다는 사실을 강조하고 싶은 곳이고, 요즘 지어진 유명 건설사 아파트 입구에는 대궐을 연상시킬 만한 대문이 세워져 있다고 한다. 웬만큼 괜찮다는 가치를 드러내려는 곳에선 언제나 대문을 만날 수 있다.

내가 처음 기억하는 대문은 일명 "샤"로 불린다는 서울대학교 정문이었다. 어린 시절 이웃집에 살던 아주머니가 자기 남편이 서울대학교를 나왔다면서 같은 층 이웃들을 데리고 서울대학교에 갔었다.

어린 나는 서울대학교에서 찍은 사진이 대체 무슨 기념인가 싶었다. 그 생각은 지금도 유효하지만 어쨌든 대문을 반기는 사람들의 심리가 대략 어떤 것인지 알고는 있다.

그러고 보면 세상에 그런 문들이 참 많지 않나. 출세라 일컫는 어떠한 길로 들어서는 문들 말이다.

나는 그동안 어떤 문을 열어 왔나. 으리으리한 출세의 문 뚫기를 욕망한 적이 한 번도 없었나. 그럴듯한 자격들은 누군가의 환심을 사기에 충분했지만, 사람의 진심이 통하는 문은 따로 있었다.

가끔은 히든도어라고 불리는 어떤 방의 문을 열듯 문턱 없이 매끄럽게 일상의 여러 순간을 넘나들고 기념비적인 어떤 대문을 지날 때도 위압감 없이 지나가고 싶던 나의 욕심.

이제는 그런 욕심을 덜어내고 여닫이든 미닫이든 회전이든 자동이든 상관없이 이내 열렸다는 사실에만 집중하기로 한다.

드나드는 마음이 어떤지 살펴보면서 가능하다면 덜 붐비는 문 위주로 통과하려 한다. 어떠한 차원의 침대라고 여기면서 하나씩 하나씩 통과하며 계기에 안착하길.

어떤 사이인가 하는 질문이나 오해를 받을 때. 여기서 거기까지가 얼마나 가깝고 먼지 재야 할 때. 그 틈에 드는 모든 생각들이 빛이나 어둠으로 새어 나올 때. 사이는 어색함과 한계를 가늠할 수 있는 영역이다.

나는 친하다고 생각하는데 혹시 그 사람은 아닐까. 나는 이만하면 적당하다고 생각하는데 그 사람은 서운하지 않을까. 사람과 사람의 사이는 상대적이라 혹시나 하는 염려가 들 수 있지만 통하게 되면 누가 아쉬울 것 없이 서로 가깝다고 느낀다.

사이에 있어서 어디에 한데 속하는 것보다 그저 통하는 것이 더 빨리 친해지는 지름길이라 믿는다. 통했다는 건 친한 사이에 마음이 오갈 수 있는 통로가 생겼다는 것.

정말로 좋은 사이라면 누가 아깝고 누가 별로다 하는 저울
질 없이 시소에 오를 것이다. 좋아하는 마음이 상대적으로
무거운 사람이 조금씩 다가와 앉는 모습으로. 어느새 나란
히 앉아서 시소를 움직일 모습을 상상하면 기분이 좋다.

조금 더 바짝 당겨 앉거나 시소 끝에 앉아 힘차게 발을 구
르는 사람의 모습을 그려본다. 1:1 관계의 핵심은 함께 어
울리는 방법을 최선으로 터득하는 것이다. 가만히 기울어진
상태로는 어떠한 리듬도 탈 수 없다.

어릴 때 방학 끝에 밀린 일기를 한꺼번에 몰아 쓰면서 울었던 기억이 난다. 그날 날씨가 어땠는지 기억도 안 나는 상태로, 또 언제 일인지는 모르겠지만 대충 있었던 것 같은 일을 모아 거름처럼 이날저날 일기에 뿌려두기 바빴다.

요즘 같았다면 인터넷에 접속해 과거 날씨를 찾고 그날그날 발행된 뉴스 기사들을 살피면서 오늘의 내 이야기 같은 걸 피해 어떻게든 더욱 세세하게 썼을지도 모르겠다. 이 시대 아이들은 밀린 일기를 어떻게 써 나가고 있을까.

안네의 일기. 이순신 장군의 난중일기. 대다수가 알고 있는 유명한 일기들만 봐도 그때그때 충실하다. 밀린 만큼을 억지로 채우는 일도 없으며 그렇기에 더욱 진실한 기록으로 남아 있다.

일기조차 문학성이 느껴질 정도로 잘 쓰는 작가들이 세상엔
참 많고, 그 기록들이 성실을 바탕으로 엮어져서 더욱 경이
롭게 느껴진다는 것도 안다. 아는데 나는 여전히 몇 년 이상
꾸준히 매일 일기 쓰기가 어렵다.

그나마 일기 비슷한 것을 쓰고 있다고 한다면 휴대전화에
남기는 산발적인 메모들이다. 주로 무엇 무엇을 해야 하며
잊지 말아야 한다는 다짐들이다. 보기만 해도 건조한 메모
들 속 사뭇 다른 느낌의 메모도 드문드문 섞여 있다.

겹꽃의 매력. 뿌리째 선물하면 기분이 좋다. 비 내린다
고 할인해 주셨다. 쇼핑백에 달린 노끈만 믿지 말고 안
아주라는 말이 기억에 남는다.

오늘 하루 잠만보를 벗어나 삼만 보 이상 걸으며 담은
해변의 풍경들. 어제 손에서 놓치는 바람에 깨지고 만
휴대전화 카메라 렌즈로도 충분한 기록을 남겼다. 필름

사진은 어떨까. 가장 멈춰 있는 순간들은 나만 아는 것
으로 남아서 언젠가 글로 새길 수 있을 것 같다.

드디어 오늘 저녁 몇 년 동안 갈 수 없었던 노래방에 간
다. 친구들이 뭐라 하든 간주 뛰어넘고 점수 제거하고
광야로 걸어갈 거다.

날것에 가깝지만 생생한 느낌이 깃든 메모들. 일기를 오래
꾸준히 쓰지 못하는 사람으로서 일기가 무엇인지 쉽게 이야
기할 수 없지만 아마도 이런 게 아닐까.

살아 있는 날들의 감각을 새기는 기록들. 되도록 나를 유일
한 독자로 두고 계속 쓰는 글에는 이상하리만큼 활력이 묻
어난다. 시답지 않은 이야기인데 스스로에게는 각별하게 새
겨지곤 한다.

타이틀곡을 제외한 후속곡 중에서 가장 좋은 곡 찾기는 오랜 취미 중 하나다.

대중적으로 인기가 많은 노래도 많지만, 나오고도 세상 빛을 잘 보지 못한 곡도 많다. 그건 순전히 다른 취향 때문이지 세상에 어지간하지 않고서야 좋지 않은 노래가 없다는 게 내 생각이다. 이건 여타 예술 분야에도 적용될 수 있는 이야기다. 그래도 각자가 진짜라고 믿는 노래는 있는 것 같다.

나는 재야의 고수처럼 잠들어 있는 노래를 좋아한다. 누군가에게 "이 노래 정말 좋죠?" 하고 물으면 아니라는 답변이 돌아올 수도 있다. 그래서 정말 조심스럽게 최측근들에게 슬쩍 좋아하는 노래를 들려주고 반응이 시큰둥하다 싶으면 상처를 받기도 한다.

어쩌다 너무 좋은 노래를 만나면 엿같이 굳어 있던 하루도 켜켜이 쌓아 올린 핫케이크 위에 뿌린 메이플 시럽처럼 유려하게 흐른다.

> 이렇게 좋은 노래를 하시는데 제발 유명해지세요. 아니. 유명해지지 마세요. 아니. 유명해지세요. 공연하면 무조건 갑니다. 다만 너무 많은 인원은 몰리지 않게 해주세요.

이른바 홍대병을 안절부절 시름시름 앓을 때도 유명해질 아티스트는 유명해졌다. 더 알려졌으면 하는 바람과 또 너무 그러면 곤란한데 하는 마음이 변덕을 부리는 동안에도 좋은 노래들은 점점 더 좋아졌다.

진짜 좋은 노래가 가진 힘은 무엇일까. 곰곰 생각해 봐도 그냥 이렇게 있어서는 흘러가지 않을 것 같고 고여서 썩을 것만 같은 마음에 길을 내주거나 출렁이게 해줘서 어떤 노래를 만나면 그저 아름답고 고맙다는 생각밖에 안 든다.

만든 사람은 또 다른 마음을 품고 만들었을지 모르지만, 어떤 노래는 어떤 시절로 훌쩍 데려가기도 한다. 과거 현재 미래 가리지 않고 어디든 데려가는 다양한 노래가 세상에 있어서 얼마나 다행인지.

그래서 지금 이 글을 읽고 계신 분에게 노래 한 곡을 추천하고 싶다.

Gregory Alan Isakov, 〈Words〉

가을밤에 자주 듣는 노래다. 막상 찾아 듣고 나서 시큰둥한 표정을 지을지도 모르겠지만, 사람들이 잘 모르는 노래가 아직 많다는 사실에는 고개를 끄덕여 주시길.

어느새.
그 말이 꼭 새처럼 느껴진다.

어떤 대화 속에서 그 말이 훌쩍
날아오를 듯한 기분을 받는다.

가장 좋은 시간의
날개와 부리는 어떻게 생겼나.

떼로 몰려다니는 시간 속에 있는가.

시간에 관한 질문으로
새의 날갯짓을 따라가기엔

마음이 너무 굳어 있다.

당장 날기 어려울 땐
우는 일부터 시작하자.

한바탕 울고 나면
시간이 너에게
한바탕 노래를 불렀다고
이야기해 줄 것이다.

시를 쓰기 전에 이것저것 쳐다보는 버릇이 있다. 그림도 그 중 하나다. 박학다식하게 요목조목 그림 보는 법은 모르지만 어디까지나 충실하게 그 느낌을 받아들이려고 감상한다. 잘 그리고 못 그리고 그 기준은 잘 모르지만, 시 같은 그림이 좋다.

석파정 서울미술관에서 김환기 화백의 〈십만 개의 점〉을 보고 온 날. 그림 가격을 검색하다 놀라는 사람도 있었고, 그림 속 점이 몇 개는 타들어 갈 것처럼 깊이 응시하는 사람도 있었다. 점화 시리즈를 탄생시킨 김환기의 그림 〈어디서 무엇이 되어 다시 만나랴〉의 모티브가 되었다는 김광섭 시인의 시 〈저녁에〉가 같은 구역에 걸려 있어 오랜만에 읽을 수 있었다.

그림이 그림 속에만 있지 않고 여기저기 있다는 사실에 새삼 안도하는 순간이 있다. 실제로 그림이 아닌데 그림 같다고 표현할 수 있는 아름다운 게 주변에 얼마나 많은지. 그 무엇보다 눈에 보이지 않아도 마음으로 그리는 그림이 있어서 얼마나 근사한 마음의 폭을 갖기도 하는지 체감할 수 있어 행복하다.

그 행복이 시 쓰기로 채워지기도 한다. 직접 쓴 시를 누군가가 읽고 마음속으로 다채로운 그림을 그릴 수 있다는 가능성이 시를 더 쓰게 만드는 원동력이 되기도 한다.

한 폭의 그림. 한 편의 시. 그 위에 여러 겹의 층처럼 쌓인 사람들의 시선이 쉽게 납작해지기 쉬운 세상 속 유일한 구원처럼 느껴질 때가 있다.

쓸데없이 어렵고 또 하나로만 읽히지도 않아서 어딘가 비효율적일 수도 있지만, 내면의 느낌을 세공하기에 그만한 것들이 있을까. 그런 게 또 있다면 꼭 삶에 들이겠다.

아버지가방에들어가신다.

이 문장을 처음 본 건 학교 다닐 때였다.

아버지가 방에 들어가시는 건지. 아버지 가방에 들어가시는 건지. '가'라는 조사를 알고 있는 사람이라면 혼동하지 않고 전자의 의미로 읽어낼 것이다. 뭐 오독의 가능성은 그렇게 줄어들 수 있다지만 시적으로 읽는다면 얼마든지 후자도 가능하다.

검색해 보니 동명의 시집과 영화가 결과로 잡힌다. 모두 이 문장이 주는 특유의 느낌이 있어 작품의 제목으로 정한 듯했다.

아버지가 들어갈 가방은 어떤 가방일까. 말도 안 되는 상상을 하면서 가방의 역할은 무엇인지 되새겨 보았다.

가방은 외출 시 챙기고 나온 소지품들을 든든하게 챙겨주는 존재. 언젠가 필요할 것들을 보관한 채로 함께 이동한다는 점에서 잔짐을 짊어진 어른 같다.

여러 모양과 크기로 된 가방이 있지만, 보부상처럼 많은 짐이 들어가는 가방이 필요한 사람들을 생각한다. 그중에서도 어린아이와 외출하는 어른. 큰 가방을 들고 다니는 부모라는 존재를 생각한다.

"외출할 때 가방 없으면 이상하지 않아요? 난 허전하던데."
어느 날 가방 없이 외출하다 들은 말이다.

가까운 곳에 다녀올 때는 별 생각이 안 드는데 먼 곳까지 다녀올 생각을 하면 가방 없이는 정말 어려울 것 같다. 어쩌면 인생도 비슷한 것 같다. 아주 멀리 가려고 할수록 나의 짐을 손수 끌어안던 존재의 빈자리를 새삼 깨닫는다.

모든 부모가 자식의 짐을 덜어주는 것은 아니라지만, 덜어주고 동행해 주려던 진심이 전해질 때. 이제는 나도 어른이 됐다며 혼자서 이것저것 들어보면서도 나만을 위한 짐이 들어간 가방 하나 드는데 여전히 무겁다는 생각뿐이다.

등은 뒷모습을 대표한다. 살다 보면 등을 지고 싶지 않던 사람의 등을 보는 일이 생긴다. 등 어디쯤 무언가가 솟아난 것도 아닌데 멀어지는 뒷모습이 못 박힌 벽처럼 자꾸 눈에 밟히기도 한다. 그 뒷모습에 어떤 액자를 걸었어야 했나 생각하면서 멀어지는 사람을 못이 빠진 자리처럼 바라보는 일. 그게 그리움이라면, 그 그리움에 대못처럼 박힌 기분은 어쩔 수 없음일 것이다.

밥은 먹었냐고. 언제 한 번 같이 밥 먹자고. 가까운 사이나 조금 먼 사이에 안부를 주고받을 때 번번이 등장하는 밥. 만나면 반갑고 편안한 사람과 함께 정겨운 숟가락 랠리를 시작한다.

잘 지은 밥처럼 찰지고 따뜻한 안부를 주고받다가 마음이 두둑해진 저녁. 이렇다 할 용건이나 부탁할 게 없을 때도 연락할 수 있는 인간관계가 얼마나 소중한지 생각해 봤다.

기분 좋은 안부는 별다른 근사한 소식 없이도 시시콜콜한 근황들을 집 반찬처럼 꺼내게 한다. 별다른 것 없이 각자 인생의 시장함을 알아주는 고마운 사람들.

그 사람들이 있어서 내가 내 마음을 거르지 않고 살아가는
게 아닐지.

노
을

해가 뜨는 모습만큼 해가 지는 모습도 장관이다.

다저녁때. 일몰이 한창일 때는 어떻게 사진을 찍어도 예쁘게 나온다. 적당히 어스름해진 상태에서 짙게 드리운 노을을 배경으로 찍은 인물 사진의 아름다움은 이루 말할 수 없다.

흔히 황혼이라고 불리는 그 상태가 종일 지속된다면 지금처럼 깊게 아름답다고 말할 수 있을까. 아무리 아름다운 것도 계속 보면 질리게 될지 궁금하다.

한 살 한 살 나이가 드니 이제야 제 모습을 찾은 것 같다. 꼭 인생이 황혼에 다다른 것처럼 말이다. 황혼은 완전히 무르익었다고 느껴지는 인생의 어떠한 시기를 가리키는 말 같다.

몇 살까지 사는 인생인지 알 수 없어 지금이 절정이다 섣불리 말할 순 없지만, 대체로 무엇을 스치고 놓쳐도 내가 나로서 안달복달하지 않는 시기가 황혼이지 싶다.

더운 계절과 추운 계절의 해가 지는 시간이 서로 다르듯 마음의 기온을 주시한다. 노을빛이 가득한 순간을 소중히 간직한다.

겹

혼자   영원

앞
뒤

가
장
자
침묵   리   굴

속

종

모   모
서   퉁
리   이

4장 ·

겨울, 움트는 마음으로

날개

산책

바람

비밀

이불

포옹

길

코트

이따금

나를 치고 나오는

감탄이나 울음이

인생에서 중요한 무언가를

알리기 위한 것이었으면.

공자, 맹자, 순자 등 성인군자를 부르는 호칭에 '자'가 붙는 것처럼. 혼자에 붙은 '자'도 그런 '자'가 될 수 있기를 바라며 득도한 듯한 혼잣말을 읊을 때가 있다.

내가 나의 말을 하나씩 주워 담는 일은 어딘가 처량하지만, 기억에 남는 말들은 다시 한 번 안으로 삼켜보는 편이다.

이런 혼잣말들을 글로 적어 보관할 때도 있는데 그 모든 말들을 담는 메모장의 이름은 이렇다.

　　　나와 내가 힘을 내는 메모장

메모장을 열었을 때 바로 볼 수 있게 공지도 적어 두었다.

타인의 주목보다는 자신의 안목을 키우며 내가 하고 싶은 일을 꾸준히 해 나아가는 것. 그게 지금의 내가 진정으로 가야 할 길이다.

사뭇 비장하고 진지한 이 혼잣말을 필두로 써 내려간 혼잣말들은 혼돈 그 자체이다. 이리저리 휘둘리듯 변덕 속에 적힌 문장들이 어지럽지만, 몇몇 문장은 내가 지닌 마음의 뿌리보다 깊게 내리는 비 같아서 살아가는 데 도움이 된다.

혼자는 무엇일까. 혼자는 정말 수련해야 하는 대상인가. 인생은 정말 혼자인가. 수많은 질문을 휘몰아치면서 혼자를 감당하려고 애써보지만, 결국 내가 바라는 것은 같이 있을 때 더욱 누군가의 마음을 받칠 수 있는 힘을 갖는 것이었다.

어느 날 혼자 있는 느낌에 골몰하다 쓰게 된 시 〈대기실〉에는 이런 구절이 있다.

혼자 있는 공간에서 입을 크게 벌리고
공간이 될 것처럼

나는 혼자 어떤 공간이 될 수 있을까. 어떤 마음들을 수용할 수 있을까. 혼자 있는 시간이 지금보다 덜 막막하고 갑갑하기를. 나라는 대기실을 하루하루 잘 꾸려가길 바란다.

삐딱한 지드래곤이 옳았다. 영원한 건 절대 없다. 결국엔 다
변했다. 그렇지만 그렇다고 해서 영원이라는 단어까지 휘발
시키고 싶지는 않았다.

영원이라는 단어를 매만지며 조금씩 지냈다. 벌써 시간이
이렇게 됐다거나 시들고 병들고 다치고 죽었다는 이야기
에 여전히 마음이 기울었지만 그럴수록 영원은 간절해졌다.

　　우리 영원히 행복하게 살아요.
　　이 순간이 영원했으면 좋겠어요.

억지와 미련의 말들을 굴리는 날이 점점 줄어들었지만 실
존하지 않는 영원의 가치는 날로 높아지는 기분이었다. 그

리고 깨달았다. 내가 진심으로 영원하길 바라는 건 단순한 실존이 아니라 그 안팎을 맴도는 기분 좋은 자각이라는 사실을.

이건 사랑이지! 이건 우정이지! 이건 평화지! 이건 안정이지! 스스로 정의하곤 했던 기분 좋은 자각들.

내게 주어진 시간이 실이라면 그 자각을 연인 양 매달고 얼레처럼 돌아가며 사는 수밖에 없다는 생각이 들었다. 나를 잡고 뛰노는 게 어떤 억지이고 미련인지 알 수 없지만, 그 억지와 미련들도 본래는 진심이었다는 걸 이제는 안다.

서바이벌 오디션 프로그램 같은 거 다시는 안 봐야겠다고 다짐하지만 결국 보게 되는 건 그 속에 이목을 집중시키는 좋은 겹을 지닌 이가 등장하기 때문이다.

매번 당하는 기분이 들지만, 경연을 준비하는 과정에서 노력하는 사람들의 모습을 보다 눈물이 날 때도 있다. 태어난 이상 자기 인생 열심히 사는 게 그렇게 감동적인 일인가 싶다가도 그래 감동적인 일이지 하고 수긍하게 된다.

내 심신 하나도 뜻대로 되게 하는 게 어려운 세상 아니던가. 그런데 세상 그렇게 치열하게 살아가는 사람이 있다니. 무엇보다 그 에너지를 다른 사람들에게 전이시키지 않는가.

우리 주변에도 잘 만들어진 크레이프 케이크처럼 꾸준히 자신을 반죽하고 굽고 펴 바르고 다시 그 과정을 반복하는 성실한 사람들이 있다. 여러 부침에도 몸에 밴 듯 대수롭지 않게 제 앞에 놓인 일들을 반복해 나아가는 모습이라 지켜볼수록 대단하다 느껴질 뿐이다.

시장에서 느껴지는 활기. 출퇴근하는 인파의 발걸음 소리. 밤낮없이 제 몸을 일으키고 움직이는 사람들 틈에서 계속하는 일의 소중함을 새긴다. 언제 해내지 싶은 막막한 일도 하루하루 찬찬히 할 수 있는 만큼 해낸다.

켜켜이 쌓은 노력 사이에 생생했던 날들이 화석처럼 굳는다. 좋아하는 책 틈에 끼워둔 낙엽이나 꽃잎을 보듯 어느새 반반하게 펴진 날들이 반갑다.

겹이 있는 삶을 살아야지.

괜찮아요. 저 앞뒤 다르고 그런 사람 아니에요. 안심하
고 쉬세요.

이 소리는 누구에게 부탁하기도, 실수하기도 어려운 사람이
연신 사과를 하다가 누군가에게 듣게 된 말소리다.

사죄의 말을 밥 먹듯이 하는 사람들은 상대가 괜찮다고 말
해도 도무지 그 말을 멈출 수가 없다.

속으로 욕하면 어쩌지. 짜증이 난 거 아닐까. 화난 게 분명
해. 눈치를 많이 보는 만큼 멘탈이 닳고 갈릴 정도로 사과
한다.

그렇게 죄송한 일도 아닌데 왜 이렇게 사과하냐는 말을 듣고서 생각했다. 정말로 뻔뻔해지면 인생이 편해지나? 내가 편해지면 주변이 불편해지지 않나?

사실 안다. 오히려 너무 진지하게 상황을 이끌고 가서 좀처럼 편해질 수 없는 상황을 만드는 때도 있다는 걸. 그럴 때는 이렇게 하기로 한다.

사과를 통째로 건네지 말고 썰어서 건네기. 썰고도 남은 사과는 갈변하지 않게 설탕물에 담가서 보관하기. 그사이 사과 말고 건넬 수 있는 또 다른 것들을 찾아보기. 이를테면 진심이 담긴 문제 해결 방법이나 일정한 조치 같은 거 말이다.

무언가 오래 쓰는 사람은 해지기 쉬운 둘레나 끝자락을 눈여겨보고 방법을 찾는다.

그냥 어차피 소모될 거 대충 쓰는 사람이 태반인데 작은 습관들이 알게 모르게 몸에 밴 사람들을 보면 신기하다. 대체로 사방이 녹기 쉬운 비누를 건조가 잘되는 비눗갑에 넣어둔다거나, 치약을 짤 때 끝부분을 누른다거나, 소매를 걷고 밥을 먹는다거나 하는 디테일이 묻어나는 생활을 하는 사람들이다.

그 모습을 보고 어떤 이는 궁상이라는 무례한 표현을 쓸 수도 있겠지만, 그건 알뜰한 거다. 알뜰하다고 하면 또 쉽게 오해하는 게 있다. 뭐든 안 쓰고 보는 걸 알뜰함으로 생각하는 경향이 있다.

좋은 알뜰함은 타인을 향한 마음을 도려내지 않는다. "알뜰하다"의 사전적 정의를 보면 유의어로 "극진하다"가 뜬다. 그만큼 다른 이를 위하고 아낀다는 뜻도 내포하고 있다. 그러니 알뜰함은 요즘 유행하는 무지출 챌린지와는 결이 다른 가치다.

같이 밥을 먹을 때 멀리 있는 반찬을 가까이 당겨주거나 함께 차나 술을 마실 때 테이블 끝에 아슬아슬하게 놓인 잔과 물통, 휴대전화 등을 안쪽으로 살짝 끌고 와 놓아주는 사소한 다정함 같은 거.

스스로 아낀 부분만큼 남에게 베풀 수 있는 알뜰한 사람들이 결국 지극히 좋은 사랑의 결실을 맺는다.

단숨에 먹을 것 같아서 주문한 귤 한 상자. 좋아하는 만큼 속도를 내서 먹어도 상자 속 귤 몇 개는 꼭 물러 버린다. 제때 골라내지 못한 멍든 귤이 멍든 귤을 만들지 않도록 얼마 안 남은 귤과 귤 사이를 떨어뜨려 놓는 게 습관이 됐다.

좋아하는 일을 한아름 계획한 직후에도 비슷한 경험을 했다. 하고 싶어서, 할 수 있을 것 같은 기분에 취해 생활에 끌어들인 일들에 하나씩 문제가 생기기 시작했을 때. 좋아하는 일에도 품이 들어간다는 걸 깨달았다.

좋아하는 일을 잘하고 싶은 욕심이 생길수록 엉망이 되는 경험을 좀처럼 피할 수 없었고, 그 경험을 멍든 귤처럼 골라내기 바빴다.

손끝이 노래지도록 먹게 되는 좋아하는 귤인데. 손끝이 저리도록 쓰게 되는 좋아하는 글인데. 잘하고 싶은 마음이 그렇게 잘못된 마음인 건지. 어디서부터 잘못된 건지 알 수 없을 만큼 막막할 때. 퍼렇게 일어난 곰팡이 같은 안색을 마주하게 됐다.

좋아하는 것을 즉시 소화하려는 마음보다 중요한 건 오래하는 것. 마음이 급해도 귤은 하나씩 떨어뜨려 서늘한 곳에 보관하고, 글은 마감까지 미뤘다가 한꺼번에 쓰지 않는 것으로 목표를 바로잡았다. 마음이 한결 가벼워졌다.

속

만두소를 준비하는 기분으로 머릿속 온갖 고민을 다져본다.
그렇게 다져서 다 섞어 뭉치고 하나씩 빚어보면 결국 잘살
고 싶은 맛만 남는다. 과욕을 부려 속을 꽉 채우다 이내 터
지는 만두처럼 되지 않도록 삶을 잘 빚어보자.

침
묵

돌인가. 금인가.
그게 무슨 상관인가.

지금 이 침묵이 두껍고 빳빳한 책 같은 사람의 마음을 읽기 위한 하나의 문진이라면 충분한 역할을 하는 것일 텐데.

가장 좋은 침묵은 가까워지고 싶은 이의 마음을 천천히 읽어볼 수 있게 내려 둔 문진과 닮았다. 그 소재가 돌이든 금이든 쇳덩어리든 상관없다.

흐르는 냇가에 놓인 징검다리처럼 드문드문한 침묵으로 난처한 기억을 떠나보내고, 열이 나는 이마에 올린 손 같은 침묵으로 헤아릴 수 있는 사랑이 되길.

폼이 세로형 성장세라면 품은 가로형 성장세다. 말하자면 x축과 y축, 두 성장세를 고루 키울 수 있다면 어떨까.

품을 키우면 폼이 자연스럽게 잡힌다.

누군가의 거대한 아량이 선사하는 압도적인 아우라를 느껴 본 적이 있다. 있어서 베푸는 게 아니고 베풀 수 있어서 다행이라고 생각하는 이의 품은 참 따뜻하다. 자기가 할 수 있는 한 많은 이에게 도움을 주려는 이들의 선행은 파도 파도 끝이 없다.

본인 장사를 하는 와중에도 베풀기에 힘써 사람들이 돈으로 혼쭐내고 싶을 만큼 따스한 마음씨를 지닌 사장님들. 바

쁜 생활에도 틈틈이 무언가 나누려는 그 결단과 실천에 감
탄하게 된다.

그에 비해 내가 하는 선행이란 어디에 판매 수익의 일부를
기부한다는 어떤 것을 사는 일 정도인데. 배포가 남다른 사
람들을 보고 있으니 새삼 경이롭다.

스스로 자기 인생을 꾸려야겠다는 결의에 찬 남다른 배짱을
갖는 것도 중요하지만, 함께 더불어 살아야겠다는 배포를
갖는 걸 목표로 두는 삶. 품이 좋은 위인들이 있다.

겨울엔 소매가 긴 옷을 찾게 된다. 장갑을 깜빡한 날에도 긴 소매 속에 주먹을 감출 수 있기 때문이다.

손등의 절반 이상을 덮고 있는 소매처럼 추위에 쉽게 틀 수 있는 결정들을 덮어두고 생각한다. 어떠한 결정을 내리든 책임은 스스로 져야 한다.

겨울은 한 해의 끝과 시작이 맞물려 있어 다양한 계획을 세우고 싶은 마음이 들끓는 계절이다. 멍하니 장작불을 바라보는 고요한 눈으로 미래를 생각한다. 고구마 같은 결정이지만 막상 불 속에 던져놓고 나면 상당히 맛있는 경험이 될 거라는 확신을 갖는다.

어린아이들의 옷소매는 눈물이나 콧물로 얼룩져 있을 때가 많다. 더는 어리지 않은 나이인데 내 마음 소매에도 눈물과 콧물 자국이 가득하다.

어떻게 하면 나의 결정에 책임을 질 수 있을까. 책임질 수 있을 만큼의 결정만 하자 마음먹으면 겁이 많은 나는 정말 발전 없는 결정만 하게 되는 편이다. 그러면서도 가끔 말도 안 되는 결정을 내리기도 한다.

이번 겨울은 어떨까. 고구마 같은 결정도, 맨주먹도 감당할 만한 재간이 있기를.

따뜻한 물속에 몸을 담그면 몸도 자연히 풀리는 겨울. 모락모락 올라오는 김이 꼭 추위를 죽음처럼 기리는 듯하다.

이런 겨울이 아니더라도 한여름에도 온수 샤워를 하는 사람이 많다. 나 역시 그런 사람 중 하나다. 하기 싫은 일을 하는 건 배를 채우기 위함이기도 하지만 온수값을 벌기 위함이다.

날이 아무리 따뜻해지고 더워져도 냉수 샤워가 엄두가 나지 않는 나약한 사람으로서 무엇을 더 할 수 있을까 싶은 회의감이 들던 날이었다. 속이 답답해 냉수를 들이켜다 그만 급체를 하고 말았다. 물 마시다 체하면 답이 없는데 딱 한 가지 방법은 김이 날 만큼 따뜻한 차 한 잔에 기대를 걸어보는 것이다.

물을 끓이고 티백 하나를 꺼내 차를 우리는 동안 한기가 올라와 양손으로 목을 감쌌다. 냉랭해진 손을 잠시 데우고 나니 차향이 올라오기 시작했다. 고개를 숙여 은은하게 올라오는 수증기 속에 지친 얼굴을 댔다. 건조했던 콧속이 뚫리고 차향이 더욱 짙게 파고들었다. 피곤하고 힘든 하루였지만 살고 싶다는 생각이 간절해졌다.

허기와 한기를 이기지 못하는 사람의 나날. 어쩌면 매일매일이 한겨울인지도.

글이 안 써질 때마다 종이 인센스에 불을 붙인 뒤 춤을 추는 취미가 생겼다.

춤이라고 했지만 실상 몸부림에 가까운 동작을 하다가 재만 남은 듯한 기분으로 몇 글자 써보는 시늉을 한다. 개인적인 소견으로 이 행위는 그럭저럭 도움이 된다. 단, 나를 볼 사람이 아무도 없다는 전제하에 모든 일이 이루어져야 한다.

종이를 태우는 동안 내 안을 수놓던 새하얀 여백도 사라지고 피어오르는 연기 같은 오묘한 동작이 연쇄적으로 어떤 효과를 일으켰는지 이내 몇 줄 써지기도 한다.

아무리 생각해 봐도 몸을 유유한 물이나 불길처럼 움직이는 게 큰 도움이 되는 것 같다. 특히나 시를 쓰는 건 내 안에 있는 리듬을 찾아 적당한 호흡으로 문장을 툭툭 내려두는 일이라서 홀로 흑백의 바둑을 이어가는 느낌이 들 때가 많다.

내가 나의 수를 읽고 그것에 대한 다른 수를 고민해 번갈아 신중하게 내려놓은 시어들이 읽는 사람의 마음에서 연소되어 재처럼 흩어지고 날릴 생각을 하면 어쩐지 마음이 초연해진다.

글을 쓸수록 미온적인 자세를 지양하게 된다. 하나의 재가될 때까지 나의 글도 촛불 같은 춤을 익히는 게 좋겠다는 판단이다. 숨을 깊게 들이마신 것처럼 글을 쓰고 나면 살아 있는 기분이 드니까.

모
서
리

아이가 머무는 공간에는 되도록 모서리가 없는 게 좋다. 모서리라는 단어만 들어도 모서리에 찧었을 때의 통증이 연상된다. 이렇듯 아픔에 대한 감각은 아무리 작은 것이라도 깊게 들어와 박힌다.

지금껏 살면서 가장 날카로운 삶의 모서리에 찧었을 때. 얼마나 큰 혹이 생길까 싶어 몇 번이고 스스로 마음을 둥글려가며 문질렀었다. 다행히 내가 나를 위하는 마음이 나에게 통했는지 걱정했던 만큼 큰 혹이 남진 않았다.

누구나 모서리에 찧이는 일을 한 번씩 겪는데, 그때 아픔 다음으로 불현듯 밀려드는 감정이 민망함이지 않을까. 스스로 조심하면 될 일을 잘못해서 이런 사단이 났다는 생각에 위축되는 것인데. 세상 모든 게 과연 조심해서 별스럽지 않게 넘어갈 일인지는 잘 모르겠다.

몸과 마음, 환경에 손상을 주는 일련의 사고들이 과연 조심하지 못한 한 사람의 탓일까.

매일 뉴스에 나오는 심란한 소식들. 피해자들이 느낄 고립감과 억울함에 집중해 조금 더 회복할 수 있는 사회로 거듭나면 좋겠는데. 오늘도 몇몇 뉴스는 또 다른 가해자처럼 시선을 모으려는 자극적인 표현들로 가득하다.

끈은 연이 될 수 있는 매개이고, 끈끈함은 좋은 인연의 바탕이다.

정성스러운 리본 같은 매듭짓기가 가능한 인연을 만나고 싶다. 누군들 다 비슷한 마음이겠지만, 엉터리 매듭을 짓고 나서 뒤늦은 미련 때문에 홀로 주저앉아 그 하나를 풀기 위해 많은 시간을 버리고 싶지 않다.

끝이 좋은 인연은 참 드물다. 그건 한쪽에서만 노력해서 될 일도 아니고 양쪽이 다 노력한다고 해도 이후에 미련을 가지면 다 소용없는 일이다.

간혹 서로를 이어주던 끈이 고무줄 같아서 한쪽이 놓거나 서로 놓지 못해 끊겨 그 끝이 마음을 손등처럼 따끔하게 만드는 인연도 있다. 어떤 인연이 다할 땐 뒤늦은 자각이 다음 인연을 더욱 소중하게 대하는 기폭제로 작용하기도 한다.

지나간 인연에 감사함을 느낄 때도 있지만, 끊긴 고무줄 같은 인연에 향한 미련은 최대한 덜어낸다. 서로가 서로의 동아줄이 되어줄 인연만 곁에 남아있길 바라고 바란다.

삶에서 죽음이라는 국면을 맞이하게 할 모퉁이는 무엇일까.

죽음에 대한 공포는 크게 느껴도 죽음에 관한 생각을 길게 가져가 본 적이 없다. 죽고 싶다는 생각과 별개의 이야기다.

죽음의 심각성을 받아들이지 못한 건 아니지만 죽을 것 같은 고비마다 나는 쓸데없는 생각을 많이 했던 것 같다. 택시를 타고 가다 교통사고를 당했던 날도 "안 돼! 이대로 죽을 수 없어!" 하고 속으로 비명을 질렀는데 그 이유가 고작 집 청소를 오래 하지 못해서였다.

이대로 죽으면 가까운 사람들이 평소에 이렇게 살다 갔구나 생각하겠지 싶어서. 고작 체면 때문에 이대로 죽을 수 없다고 생각하는 게 스스로 한심해 울면서도 자꾸 헛웃음이 났다. 그 어떤 상황에서 죽음이 일어나도 이상한 건 아니지만, 이상하고 시시한 죽음만은 막고 싶었던 모양이다.

어떻게 죽을 뻔한 상황에서도 사는 모양새를 생각할 수 있었는지. 결국 죽지 않고 살았기에 할 수 있었던 생각이지만, 정말로 그렇게 갔다면 나는 아마 집구석을 맴돌며 정리 안 된 물건들을 살피듯 그것들을 집을 수 없는 몸으로 천장에 납작 누워 바닥을 내려 봤을 것이다.

심령을 볼 수 있다는 사람도 있지만, 대체로 많은 사람이 죽고 난 다음의 상태를 알지 못하는 게 안심이 되기도 한다. 만약 죽어서 우리가 어떻게 된다는 현상들이 지금보다 많이 발견된다면 분명 삶도 집중하지 못하는 상황에 죽음 이후의 일까지 대비해야 한다는 압박에 시달려야 했을 테니까.

그래서 정말 어떤 계기로 죽게 될 것인가. 알 수 없지만 특별히 꿈꾸는 죽음도 없다. 죽고 나면 지금 이 현실이 꿈이 되려나. 나는 지금 꿈속에서 이리도 하찮은 걱정만 반복하고 있는 건가.

산책은 자고로 발길 닿는 대로 해야 좋다.

그때 그거 언제 사라졌지. 여기에 이런 게 있었네.

새로운 등장과 예기치 못한 퇴장을 발견하며 걷는 재미를 느끼다 보면 듬성듬성 내 안에서 생겨나고 사라진 것들도 체감할 수 있다.

그리고 아침 점심 저녁 언제 나가도 산책하는 사람이 있어 저마다 자기만의 리듬으로 하루를 살아간다는 것도 알게 된다. 조급한 마음을 덜어내는 데 정말 산책만 한 것이 없다.

여러 간판을 읽고, 하늘 한 번 나무 한 번 올려다보고, 고양이도 만나고, 여기저기 버려진 에너지 음료병이나 캔, 벽에 남은 낙서를 보면서 "다들 고단한 가운데 뭐라도 새기며 살 아가고 있구나" 생각한다.

산책 중에 급히 걸을 일은 없다. 어슬렁어슬렁 살피는 것 들이 그네라도 탄 것처럼 눈앞에 왔다 멀어지는 것을 반복 한다.

그때의 나는 인화를 앞둔 필름을 머금고 있는 수동 카메라 같다. 볕을 많이 쬔 날은 빛샘 문제에 봉착한 카메라처럼 다 중 노출된 컷을 찍어낸다.

어떻게든 기억에 남는 컷을 얻기 위해 기를 쓰고 달려왔 던 순간보다 산책 끝에 얻은 잔상들이 아름답다는 걸 깨 닫는다.

굳이 사람의 날개를 찾는다면 그건 퍼덕이는 생각일 것이다. 만일 어떠한 생각도 하지 못하는 존재였다면 나는 어떤 것을 날개 삼아 비행의 감각을 익혔을까.

축축 가라앉기만 할 때 누군가는 몸을 움직이지만 나는 책이 많이 놓인 방이나 서점에 가서 책등에 써진 여러 제목을 하나씩 속으로 이어 읽는다. 그 순간 새겨진 제목들이 낱낱의 깃처럼 꽂혀 생각이라는 날개를 이룰 때까지 읽고 또 읽는다.

다음 문단은 지금 방 안에 가까이 놓인 책들의 제목을 무작위로 옮겨 적은 것이다.

생명의 차창에서

짧은 이야기

자기만의 침묵

혼자를 기르는 법

그렇게 그렇게

시는 내가 홀로 있는 방식

망할 놈의 예술을 한답시고

긴긴밤

나의 구석

재

인생을 숙제처럼 살지 않기로 했다

일상적인 삶

꿈

나는 오래된 거리처럼 너를 사랑하고

나와 마주하는 시간

도무지 이어지지 않을 것 같은 말들도 나란히 놓으면 그사이에 오묘한 긴장이 타고 흘러 다른 차원의 생각이 차오른다. 그렇게 선물 받은 생각이라는 날개를 퍼덕이며 삶의 미궁을 빠져나온다.

나의 비행은 지면을 맴도는 것이다.

이 세계의 바람은 좋겠다. 세상 정말 다양한 것을 바람으로 만나는 기분이 어떨지 이런 실체로는 감히 상상할 수 없어 환상에 가깝게 느껴진다. 분명 아름답겠지.

그러나 이런 실체로도 가끔은 미약한 바람을 일으킬 수 있다. 손으로 부채질하거나 손뼉을 치면서 박수 소리를 낼 때. 걷고 달리기만 해도 바람을 일으킬 수 있다. 바람이 불어올 때는 바람을 가르는 느낌을 받기도 한다.

바람이 들어간 수많은 이야기가 있지만, 그 이야기를 총망라한 듯한 노래 한 곡을 들으면 모든 시련을 훌훌 털어낼 마음을 다잡을 수 있지 않을까.

나의 작은 지혜로는 알 수가 없네. 내가 아는 건 살아가는 방법뿐이야. 보다 많은 실패와 고뇌의 시간이 비켜갈 수 없다는 걸 우린 깨달았네. 이제 그 해답이 사랑이라면 나는 이 세상 모든 것들을 사랑하겠네.

조용필의 〈바람의 노래〉의 가사는 한 해 한 해 나이가 들수록 사무친다. 처연한 용기를 내고 싶을 때 이만한 가사가 없다. 얼마 전 엄마도 인생 노래라고 이야기했던 곡이다.

어쩔 수 없음을 깨닫고 체념하고 마는 것이 아니라 "이 세상 모든 것들을 사랑하겠네" 선언하는 부분이 쓸쓸하고 애처로운 인생에 큰 울림을 준다. 어디로 어떻게 불어 가든 부침 끝에 결국 모든 것을 사랑할 수 있기를. 그런 대인배가 될 수 있을지는 모르겠지만, 삶을 향한 이런저런 바람을 적어 둔다.

비
밀

지켜달라는 부탁과 지킬 거라는 약속을 했지만 정말로 지켜질진 모르겠다.

그것은 혼자만 아는 비밀일 수도 있고, 두 사람 혹은 서너 사람 이상의 사람이 아는 공공연한 비밀일 수도 있다. 일단은 비밀로 하기로 했기 때문에 누군가에게 발설할 수 없어 몇 명이 아는 비밀인지 파악할 순 없다.

자신의 비밀 하나를 털어놓는 사람에게 누군가 자신의 비밀 하나를 공유할 수 있는 상황이 계속해서 이어진다면 비밀과 비밀의 국경은 없어질 것이다.

나는 그 상황을 기다리고 있다. 서로 다른 비밀의 지대가 겹쳐지는 불안정한 상황에서도 누구의 비밀인지 하나하나 규명하기보다 세상에 지켜줘야 했던 것이 생각보다 많았구나 싶어 죄책감이 들고 슬퍼지는 상황. 그 상황이 모두에게 적용된다면 이해하지 못할 게 없다.

뭐 그런 걸 비밀이라고 품고 있냐며 타박하지도, 어쩌다 알게 된 비밀을 약점으로 잡지도 않는 사람들 틈에서 살면 안심할 수 있을까.

그럼에도 가늠해봐야 하는 건 있다. 그 비밀이 과연 어떤 식으로 누구를 지켜왔고 누구를 해칠 수 있는가 하는 문제다. 그에 대한 진위와 경중을 통해 새어 나오기 시작한 비밀을 어떻게 대할 것인지 정해야 한다.

"이건 비밀인데" 하는 말로 나는 몇 개의 비밀을 풀어왔을까. 그 비밀을 듣고 자신의 비밀을 털어놓던 사람들은 몇 명이었을까. 비밀과 비밀의 교환은 어떤 연대를 만들고 이끌어 왔나.

지금 이 글에 내려놓을 수 있는 비밀 하나.

> 이건 비밀인데 저 생각보다 제가 쓴 글과 충돌하는 생활
> 할 때가 많아요. 그래서 제가 쓴 글들은 대부분 다짐에
> 가까워요. 그래도 이렇게 다짐을 꾸준히 하다 보면 실제
> 생활도 탄력받아 맑고 결연해지는 날이 올 거라 여기며
> 찬찬히 조금씩 뭔가를 하고 있어요.

이 비밀을 듣고 작은 비밀부터 조금씩 교환할 사람들을 오
래 만나고 싶다. 취약함으로 여겨지는 비밀을 성숙의 도량
으로 쓸 수 있기를.

최고의 숙면은 꿈꿀 새 없이 밀도 있게 잠드는 것이다. 숙면에 실패한 날이면 눈을 뜨자마자 그날그날 꾼 꿈의 이미지를 비몽사몽 메모장에 적어두고 인터넷 검색을 하는 편이다.

마음이 좋지 않을 땐 폐소공포증이 생길 법한 엘리베이터를 타거나 으슥한 계단을 오르내리는 꿈을 꾼다. 한없이 기이하고 험악한 장면으로 가득한 꿈인데도 몇몇 꿈은 길몽이라 해석되기도 한다.

내가 죽는 꿈이 그렇게 좋은 꿈이라면 매일 꿔도 상관없다는 생각이 들기도 하지만, 그게 반복된다면 지금보다 더 큰 불안에 넘실댈 것이다.

잠은 죽음의 토막이자 삶이 제 어깨에 걸치기 좋아하는 넝마다. 나라는 범인은 그것들을 해치우고 돌연 무의식에 매장하는 악질적인 행동을 벌인다.

부족한 잠도 과한 잠도 좋지 않다. 잠의 적정량을 알고 싶다. 최적 수면시간을 검색해보니 일곱 시간이라는 연구 결과가 있다고 한다. 그러나 일곱 시간 동안 잠을 설치지 않을 수 있을까. 정답에 가까운 사실을 알게 된 이 순간에도 걱정하고 있다는 사실을 깨닫는다. 이젠 정말 삶을 위한 걱정만 하고 싶은데 쓸데없이 많은 에너지를 쓰고 또 잠에 들었다.

슬프고 괴롭지만 그래도 계속 꾸고 싶은 꿈에 도착했다. 여기저기 그리움으로 도배된 꿈이다. 그 꿈에는 안방과 베란다 사이 어릴 때 내가 동생들과 자주 넘나들던 창문턱이 있고, 지금보다 많은 걸 의심 없이 낙관하던 나와 부모님이 있다.

아빠는 엄마가 되고, 엄마는 내가 되고, 나는 아빠가 된다. 모든 게 뒤죽박죽이지만 순조롭게 대화가 풀려간다. 현재와는 다른 양상으로 비약적인 미래에 갔다가 벽에 맞은 스쿼시 공처럼 일어나 눈을 뜬다.

기분 좋게 맞았던 아침들만 모아서 내가 나에게 주고 싶다. 그리고 그게 내 죽음에 가까운 모양이었으면 좋겠다. 사랑하는 사람들의 아침도 그랬으면. 사랑하는 사람들의 죽음은 생각하고 싶지 않다. 생각하고 싶지 않은 부분이 나에게는 유독 많다.

죽음은 그것들을 한꺼번에 생각하러 가는 자리일까. 지금은 생각하고 싶지 않은 부분들, 알고 보니 사랑에 가까운 생각 하나만 하는 자리라면 좋겠다.

이
불

자고 일어나 이부자리를 정리하는 사람은 될성부른 사람이
다. 그걸 아는데도 나는 매번 이불을 허물처럼 부랴부랴 남
기고 외출하기 바쁘다. 어쩌다 숙박 시설에 가면 구김 하나
없이 판판하게 정리된 침구를 보며 감탄한다. 나도 나에게
매일 이런 선물 하나는 해줄 수 있지 않나 반문해도 매번 같
은 자리다.

하루는 집에 돌아와 방문을 열고 우두커니 서서 침대 위 한
쪽으로 말려 있는 이불을 말없이 쳐다봤다. 괴로움에 몸부
림치는 한 사람 같았다. 샤워하고 나와 홀로 몸부림치던 이
불을 부둥켜안고 뒹굴다 잠이 들 무렵에서야 이불을 간신
히 펼쳐 덮었다.

종종 침대에 누워 불안한 생각이 기어오르면 이불 밖으로 잠시 뻗어 나온 발끝도 스산해 안쪽으로 꾸역꾸역 집어넣곤 한다. 더 많은 것이 덮쳐 오르는 듯한 날엔 정수리까지 이불을 뒤덮고 웅크린 채 옆으로 누워 잠을 청한다.

정신없이 뒤척이며 자는 날에는 이불이 몸에서 분리되어 뜻하지 않은 배앓이를 하기도 한다. 어떤 의미로든 잠자는 사이 살뜰하게 나를 돌봐주는 이불이라는 존재에 감탄하게 된다. 이 한 겹이 전해주는 안정감이 이토록 어마어마할 줄이야.

어쩌다가 이불을 사람보다 더 의지하게 된 걸까. 《피너츠》에 나오는 라이너스의 애착 담요처럼 이만큼 나를 잘 알아주는 감촉은 없는 것 같다. 이따금 흑역사라고 여겨지는 일들이 생각날 때면 탕탕 걷어차기도 하는데 그때마다 이불은 어떤 생각을 할까.

만약 이불과 대화를 나눌 수 있다면 나는 또 염치없이 부탁부터 할 것이다. 간밤에 내가 어떤 꿈을 꾸었는지. 어떤 말을 하고 어떤 표정을 지었는지. 자는 동안 뒤척이지 않고 가만히 있는 시간은 얼마나 되는지. 그 모든 밤의 기록을 알려줄 수 있는지 물어볼 것이다. 그럼 이불은 모든 걸 알려고 들지 말고 그냥 덮고 지나가라고 대답할지도 모른다.

대체로 반복되거나 특별히 생소하게 느껴지는 일이 아니면 가지치기한 듯 사라지고 단출한 기억들만 삶에 남는 편이다. 이불 밖에서 보낸 하루도 빠짐없이 기억할 수 없는데 이불 속에 파고들던 감정만은 선명하다.

내가 빠져나온 틈을 타 이불은 집 안에서 온종일 어떤 생각을 하며 잠들어 있을까. 꿈에서 내가 더 가지 못한 곳을 홀로 누비고 있을까.

오랜 잠이 깃든 이불 먼지를 털어내듯 날 좋은 날 마음을 널어두고 싶을 때가 많다. 당장 구겨진 마음을 정리할 여력도 내지 못하면서 좋은 날만 기다리는 모습이 한심하게 느껴지기도 하지만, 오늘 밤도 끌어안거나 덮어둘 마음이 있어 하루 더 살아낼 수 있었다.

꿈꿔왔던 삶의 감촉이 좋아하는 이불의 감촉과 비슷하다는
생각을 자주 한다.

포
옹

두 팔을 벌려 가득 끌어안기 좋은 푹신한 인형이나 거부감 없이 폭 하고 안기고 싶은 사람을 생각하면 저절로 미소가 지어진다.

상상만 해도 기분이 좋아지는 실제 포옹의 효과는 실로 대단하다. 스트레스와 불안 해소는 물론 자존감 개선까지. 그 자체로 몸과 마음이 포근해지는 결과를 부른다고 하니 할 수 있다면 꼭 해야 하는 일 같다.

끌어안기라는 게 이렇게 좋은 일이라는데 이따금 모든 일이 떠안기처럼 버겁다.

스스로 너무 많은 것을 떠안고 있는 사람에게 포옹은 꿈꿀 수 없는 자세다. 그런 사람도 모든 것을 내려놓게 만드는 강력한 포옹이 있는데 그것은 바로 뒷포옹이다.

뒤에서 끌어안기는 로맨스나 멜로 장르에 많이 등장한다. 홀로 모든 짐을 짊어진 듯 나아가려는 주인공을 뒤에서 와락 안아주는 상대의 마음을 보고 있자면 한없이 무모한 것 같아서 더욱 낭만적으로 느껴진다. 낭만이라는 게 원래 이리도 대책 없는 끌어안기였나.

그러나 아무리 포옹이 좋은 것이라 해도 모든 포옹이 따뜻함으로 기억되진 않을 수도 있다. 그 어떤 부담이나 거부감 없이 서로의 마음을 포갤 수 있는 진정한 포옹의 기억만 간직할 수 있기를.

단 앙금을 품고 있는 바람떡이나 따뜻한 찻잔을 감싼 손처럼 누군가와 살포시 포옹했던 기억. 이렇게 한 번 서로 꼭 안으면 될 일을 참 쓸데없이 많은 말과 굳은 얼굴로 치대며 지냈던 생각에 기분 좋게 허무해지던 순간을 떠올려본다.

어떤 포옹은 사람을 불쑥 라탄 바구니로 만든다. 내 안에 무엇을 담아내든 자연스럽고 소복하게 쌓일 것 같은 확신을 안겨준다.

아무리 좋아하는 눈이라도 한없이 많이 내리기 시작하면 걱정이다. 이렇게 쌓이면 발이 묶이는데, 길이 미끄러워 넘어지고 말 텐데 하는 생각에 새하얀 눈을 즐겁게 반기기 어렵다.

그날도 그렇게 눈이 많이 내렸다. 오래 기다려서 탄 마을버스는 종종걸음치는 사람보다 천천히 기어갔다. 계속해서 바퀴가 헛도는 상황에 버스 기사님은 난감해하며 누군가와 통화를 이어가고 있었다. 잘 들어보니 뒤에 출발한 같은 노선 버스 기사님과의 통화였다.

앞서 운행 중인 구간들의 위험들을 짚어주며 당부의 말을 아끼지 않았다. 통화 내용이 선명하게 들리기 시작하자 불안했던 내 마음도 조금씩 진정됐다. 빨리 가는 것보다 제대로 도착하기만 해도 충분하다는 생각이 들었다.

그로부터 한 30분쯤 시간이 흘렀을 때 거짓말처럼 눈발이 약해지기 시작했다. 버스 안으로 언제 그랬냐는 듯 햇살이 기어들고 있었다. 사람들이 눈 묻힌 발로 들어서 버스 바닥이 구정물로 얼룩져 있었지만, 차창 밖은 새하얀 눈이 쌓여 전보다 더욱 환해진 모습으로 반짝였다. 기사님의 얼굴에도 그제야 안도감이 스쳤다. 뒤따라오던 버스 기사님이 고맙다는 인사말로 통화를 끝냈다.

아무리 예쁜 눈이 내리는 날에도 바쁜 일이나 가쁜 마음은 좀처럼 털어내기 힘들다. 그런 때일수록 발밑 시야에 집중해야 한다. 내가 남긴 조심스러운 발자국이 뒤에 오던 누군가에게는 의지하고픈 흔적이 되기도 한다.

가까이 들여다보면 보이는 눈의 결정들처럼 작지만 아름다운 일상의 결정들이 쌓이고 뭉쳐지고 녹으며 여러 틈에 스며든다. 앞서거니 뒤서거니 같은 노선을 달리며 궂은 날씨

속에서 이런저런 고충을 나누는 사이 또 이렇게 맑은 날씨를 맞이할 수 있다는 게 눈처럼 새록새록한 일상의 기쁨이지 않을까.

보기에 그저 아름다운 풍경도 직접 겪기 시작하면 예상치 못한 난제를 펼쳐 놓는다. 하염없이 내리는 눈 같은 삶의 문제가 계속될 땐 속도를 줄이고 예의주시하며 같은 길을 걷는 사람들을 의지하면 좋다. 무작정 덥석덥석 손을 잡고 걷기보단 미끄러운 자리와 넘어져도 덜 아픈 방법을 일러주는 것이 큰 도움이 된다.

하는 수 없이 발이 묶였을 땐 그 자리에서 추위를 잊을 수 있는 것을 같이 해보자. 정신없이 눈밭을 함께 누빌 수 있는 사람이 있다는 게 큰 위로가 될 테니.

추위 앞에 장사 없다 해도 겨울이면 말쑥하게 코트를 차려 입은 사람들이 눈에 들어온다. 오죽하면 '얼어 죽어도 코트 (얼죽코)'라는 줄임말까지 생겼을까.

코트 위로 단정하게 둘러맨 목도리와 소매 안쪽으로 낀 장갑까지. 나름 중무장을 하고 나왔지만 하얀 눈만큼이나 창백해진 얼굴에 붉어진 코끝과 양볼을 하고 구둣발로 또각또각 걸음을 옮기는 사람들을 보면 어쩐지 마음이 청초해진다.

기회가 되면 몇십 년 입어도 질리지 않을 질 좋은 코트 한 벌 정도는 사 입고 싶다 하는 생각이 든 것도 순전히 그러한 느낌 때문인 것 같다. 좋은 코트는 어떤 코트일까.

코트는 유럽식 옛 정장인 프록코트가 기원이라 한다. 코트는 기장에 따라 분류하기도 하는데 개인적으로 무릎 아래까지 내려오는 롱코트나 맥시코트를 좋아하는 편이다. 무릎 아래로 찰랑거리는 밑단이 물고기들의 지느러미처럼 걷고 있지만 천천히 유영하고 있는 듯한 기분을 안겨주기 때문이다.

그러나 이러한 이상과는 다르게 앉았다 일어날 때 긴 코트 자락이 바닥에 쓸려 먼지가 묻기도 한다. 또 허리에 끈이라도 달려 있을 때는 한쪽이 풀려 바닥에 꼬리처럼 질질 끌리기도 한다. 이런 걸 보면 결국 어떤 옷을 입든 중요한 건 나의 자세라는 생각이 든다. 굽은 목과 구부정한 허리, 말린 어깨로는 제아무리 좋은 코트를 입어도 태가 나지 않는다는 걸 진작 알고 있었다.

몇 해 전 초겨울 동네 세탁소에 부랴부랴 드라이클리닝을 맡겼던 코트 두세 벌을 찾아오던 날이었다. 철사 옷걸이 윗부분을 잡고 걸으려다가 맥을 못 추는 옷걸이에 눈물과 웃음이 동시에 터졌던 순간이 있었다.

아니 내가 가진 코트는 왜 이렇게 하나같이 무거운 것이며 그래도 어떻게든 깨끗하게 단정하게 입어보려는 마음은 철사 옷걸이처럼 안정적이지 못한 것인지…. 스스로 우스꽝스럽게 느껴져 그 길에서 잠시 비닐에 둘러싼 코트들을 끌어안고 잠시 주저앉았다가 뒤에서 빵빵 경적을 울리는 차 소리에 정신을 차리고 씩씩하게 언덕길을 올랐다.

집으로 돌아와 조금 더 어깨가 튼튼한 나무 옷걸이에 코트를 옮겨 걸으면서 옷장을 둘러봤다. 언제나 입을 옷이 없다는 이 감각은 어디에서 발현되는 것인지. 어떻게 해서든 만족감을 줄 수 없는 소비라면 몇 년간 옷 사기를 멈추고 그렇게 소원하던 좋은 코트 한 벌 살 수는 없었던 것인지. 어찌어찌 좋은 코트를 마련했어도 입었을 때 정말로 태가 날 수 있는 상태인 건지. 답 없는 생각이 꼬리에 꼬리를 물었다.

결국 그 자리에 서서 내가 할 수 있던 건 그동안 하지 않았던 스트레칭을 한꺼번에 힘주어 하는 일뿐이었다. 굳었던 몸이 급작스러운 의지에 몇 번 놀라긴 했으나 답 없는 생각만 하고 있을 때보단 한결 가볍고 개운해진 기분이었다.

그해 겨울 다시 걸친 코트는 여전히 무거웠지만 깊고 튼튼한 주머니 안에 찔러 넣은 손이 가볍고 따뜻했다. 괜스레 추운 날씨에 몸과 마음이 얼어붙을 땐 부한 패딩을 잠시 내려놓고 내가 가진 가장 좋은 코트를 입고 나간다.

언젠가 더 좋은 코트를 입는 날까지 좋은 자세를 잃지 않기로 한다.

손

손이 붙는 말들을 좋아한다.

> 손을 거치다. 손을 쓰다. 손에서 자라다.
> 손을 내밀다. 손에 익다.

이런 관용구 속 손에선 사람 사는 냄새가 나서 좋다.

세상 분주하게 움직이는 만큼 쉽게 거칠어지는 손. 고생 많이 한 누군가의 손 하나는 그 어떤 시보다 깊어 서정의 결정체를 본 것만 같다.

그래서인지 당선작으로 뽑힌 시 〈top note〉 일부에도 손이 놓여 있다는 게 부적처럼 느껴질 때가 있다.

집이 놓인 과도를 하나씩 훔쳐 와

긴 칼날은 필요 없어
손잡이와 같은 길이면 적당할 것 같아

볕이 잘 들지 않는 바닥에
유자, 라임, 레몬,
오렌지, 자몽, 귤들을 쏟고서 주저앉아

가장 보기 좋은 단면을 찾아주자

열매에서 꽃 모양을 볼 수 있는 유일한 방법이야

주어진 방향대로 쪼개진 일상이
하얀 줄들을 벗길 때
손금 읽는 법도 가르쳐줄게

오래 쓴 도마 같은
네 손이 피할 수 없던 악수들

우리 모두의 손이 악수(惡手)와의 악수(握手)를 피할 수 없더라도 삶의 아름다운 단면을 보기 위한 칼질을 숙련했으면. "열매에서 꽃 모양을 볼 수 있는 유일한 방법"을 터득할 수만 있다면 주저앉는 일도 그리 비참한 일은 아니겠지.

글로 길을 내는 사람

자기소개서에 이렇게 적었다.
어떤 글 끝에 열리는 길이 좋았기에.
사랑하면 사랑하는 대로.
기억하면 기억하는 대로.
눈밭을 처음 밟는 사람처럼 사뿐사뿐 적고
아쉽게 녹을 눈사람을 기쁘게 만들었다.

마음 단어 수집

초판 1쇄 인쇄 | 2023년 6월 16일
초판 1쇄 발행 | 2023년 6월 26일

지은이 김민지
발행인 박효상
편집장 김현
기획·편집 장경희
디자인 임정현

편집·진행 김효정
표지·본문 디자인 정정은
마케팅 이태호, 이전희
관리 김태옥

종이 월드페이퍼 | **인쇄·제본** 예림인쇄·바인딩 | **출판등록** 제10-1835호
펴낸 곳 사람in | **주소** 04034 서울특별시 마포구 양화로 11길 14-10(서교동) 3F
전화 02)338-3555(代) | **팩스** 02)338-3545 | **E-mail** saramin@netsgo.com
Website www.saramin.com

ISBN 978-89-6049-477-0 13810

우아한 지적만보, 기민한 실사구시 사람in